COLLECTION FOLIO

Mohammed Aïssaoui

Petit éloge des souvenirs

Gallimard

Mohammed Aïssaoui est journaliste au *Figaro littéraire.* Il a reçu le prix Renaudot Essai et le prix R.F.O. du livre en 2010 pour *L'affaire de l'esclave Furcy.* Il est également l'auteur de *L'étoile jaune et le croissant* (2012).

Découvrez, lisez ou relisez les livres de Mohammed Aïssaoui :

L'AFFAIRE DE L'ESCLAVE FURCY (Folio n° 5275)

L'ÉTOILE JAUNE ET LE CROISSANT (Folio n° 5686)

Pour Léa, Noé, Nina.
À Nathalie Iris, qui fait rimer souvenir avec avenir.

Mais, quand d'un passé ancien rien ne subsiste, après la mort des êtres, après la destruction des choses, seules, plus frêles mais plus vivaces, plus immatérielles, plus persistantes, plus fidèles, l'odeur et la saveur restent encore longtemps, comme des âmes, à se rappeler, à attendre, à espérer, sur la ruine de tout le reste, à porter sans fléchir, sur leur gouttelette presque impalpable, l'édifice immense du souvenir.

Marcel Proust,
Du côté de chez Swann

AVANT-PROPOS

De mes souvenirs d'enfance, je ne garde qu'un arbre penché sur une rivière. La fraîcheur de l'eau, le soleil l'après-midi, les noyaux d'abricots, et c'est tout. Oubliés les prénoms de mes amis. Les noms de famille de mes voisins. Les parfums et les jeux. La faute à un choc : à neuf ans et demi, je quittais un pays pour un autre. Ma mère n'avait pas daigné nous prévenir, mes sœurs et moi, que nous allions rejoindre mon père. Nous prenions l'avion pour la première fois. Et je me suis retrouvé dans un aéroport froid sans comprendre ce qui m'arrivait vraiment. Deux ou trois heures de voyage, ça peut vous tuer une mémoire, et faire sauter les plus beaux souvenirs : ceux de l'enfance insouciante.

Ce petit éloge est né de ce choc. Aujourd'hui, j'ai atteint le demi-siècle et je cours toujours après ces souvenirs qui s'éloignent à toute vitesse. Pour les retrouver, j'ai mis en place une sorte de

« boîte à outils » afin de « ramasser » tous ces moments qui traînent encore dans la mémoire ou, parfois, sur des bouts de papier. Il paraît que la mémoire est un muscle qu'il faut faire travailler. C'est à cette gymnastique littéraire que je vous convie.

Ce petit éloge fera appel à nos souvenirs personnels et ceux que l'on a forcément en partage — la « mémoire collective » —, mais les écrivains peuvent nous aider aussi. J'ai convoqué ceux qui évoquent souvent des souvenirs. Quelques pages seront consacrées à une petite anthologie personnelle qui sera loin d'être exhaustive. Je ne sais pas pourquoi, mais chaque fois que j'ouvre un roman et y découvre les mots « souvenirs » ou « mémoire », mon cœur palpite.

Dans cette boîte à outils, destinée à « faire briller nos souvenirs », selon l'heureuse formule de Gilles Lapouge, j'ai mis : l'album de famille, la photo de classe, les papiers, les archives, les récitations d'antan. Mais aussi les nouveaux médias, Internet en tête, qui viennent à notre rescousse. C'est fou, sur ce point, jamais la haute technologie n'a été aussi proche du passé : Facebook, Copains d'avant, Youtube, Dailymotion… Autant d'occasions de retrouver ce qui nous a fait vibrer il y a des années. Certains en profitent même pour renouer avec des amours oubliées. Parfois pour le meilleur. Parfois pour le pire.

Je vous propose également des jeux de mémoire afin de tenter de retrouver des souvenirs oubliés — on sait que cela s'est passé, mais c'était quand, déjà ? C'était qui ? C'était quoi ? Ce jeu est incroyablement révélateur : « souvenirs oubliés » apparaît comme un oxymore, or ce n'est pas du tout cela : les deux mots s'épousent, se répondent, résonnent ensemble. Non seulement nous avons une palette inimaginable de souvenirs, mais ils reviennent parfois sans crier gare — les psychanalystes, et Freud en premier lieu, l'expliquent très bien. Dans *Cinq leçons sur la psychanalyse*, il évoque une expérience étrange et instructive avec des somnambules ou des personnes sous hypnose, chez l'un de ses amis psychanalystes, portant sur la possibilité de réveiller des souvenirs enfouis. Au départ, ces personnes prétendent ne rien savoir, mais, dit Freud, « si on ne cède pas, si on les presse, si on leur assure qu'ils le peuvent, alors les souvenirs oubliés reparaissent sans manquer ». Avec ses patients, il agit de la même manière : « Lorsqu'ils prétendaient ne plus rien savoir, je leur affirmais qu'ils savaient, qu'ils n'avaient qu'à parler et j'assurais même que le souvenir qui leur reviendrait au moment où je mettrais la main sur leur front serait le bon. De cette manière, je réussis, sans employer l'hypnose, à apprendre des malades tout ce qui était nécessaire pour établir le rapport entre les scènes pathogènes oubliées et les symptômes qui en étaient les résidus. » Le célèbre psychanalyste reconnaît cependant que c'était un procédé pénible et épuisant à la longue. Mais il conclut de cette manière : « Je ne l'abandonnai pourtant pas sans en avoir tiré des conclusions décisives : la preuve était faite que les souvenirs oubliés ne sont pas perdus, qu'ils restent en la possession du malade, prêts à surgir, associés à ce qu'il sait encore. Mais il existe une force qui les empêche de devenir conscients. L'existence de cette force peut être considérée comme certaine, car on sent un effort quand on essaie de ramener à la conscience les souvenirs inconscients. » Cette leçon est fascinante et accessible. J'ai découvert que ce processus avait un nom : la cryptomnésie. Le *Grand Robert* n'en donne pas la définition. Le *Larousse* (sur Internet) en donne une un peu trop technique. Une encyclopédie en ligne affirme que c'est un « faux souvenir »... Les sites de médecine ou de psychanalyse la définissent de cette manière-là : c'est un souvenir caché, enfoui, qui se réveille à l'occasion d'un événement. J'ai pu assister à ce phénomène quand j'ai rencontré Philippe Bouvard pour un livre que je préparais : une photo du fondateur de la Mosquée de Paris l'a renvoyé à son enfance, lorsque, en 1941-1942, son père avait été sauvé de la déportation par ce dignitaire musulman. Bouvard ne comprenait pas comment il avait pu oublier tout cela et comment le souvenir lui était revenu, presque intact.

Les psychanalystes l'expliquent très bien : notre cerveau fait le tri, il sélectionne les souvenirs et il a la gentillesse de nous aider à ne garder que le meilleur. Notre cerveau est plus proche de Charles Trenet — « Les souvenirs si tendres / Viennent s'y faire entendre » — que de Verlaine : « Je me souviens / Des jours anciens / Et je pleure. »

Oui, peut-être pour notre bien-être, la mémoire garde le plus souvent le meilleur, et laisse enfoui ce qui pourrait nous rendre malheureux. Ainsi, de Georges Perec, on retient le plus souvent son remarquable *Je me souviens*, mais ce qui m'a marqué, moi, c'est, entre autres, son livre *W ou Le souvenir d'enfance*, avec cette phrase terrible : « Je n'ai pas de souvenirs d'enfance. » Il ajoute : « Longtemps, j'ai cherché les traces de mon histoire, consulté des cartes et des annuaires, des monceaux d'archives. Je n'ai rien trouvé et il me semblait parfois que j'avais rêvé, qu'il n'y avait eu qu'un inoubliable cauchemar. » Est-ce cet « inoubliable cauchemar » qui l'a conduit à écrire *Je me souviens* ? Peut-être. Toujours est-il que son fameux livre est la consignation détaillée de 480 souvenirs, qui n'ont pas forcément de lien les uns avec les autres. Ils sont scrupuleusement notés, de 1 à 480. Comme si l'écrivain voulait, par cet exercice de mémoire, retenir ces instants de vie qui risquaient de disparaître définitivement. Comme s'il voulait illustrer l'éblouissante parole de René Char : « Vivre, c'est s'obstiner à achever un souvenir. »

La boîte à outils du souvenir

Le verbe et le mot

On pourrait commencer par la définition du terme « souvenir », à la fois nom, verbe et objet.

Le *Petit Larousse* évoque la « survivance, dans la mémoire, d'une sensation, d'une impression, d'une idée, d'un événement passés ». C'est un verbe qui, d'après le *Grand Robert*, serait né au début du XIIIe siècle, du latin *subvenire*, c'est-à-dire « se présenter à l'esprit ». Mais tous les linguistes ne sont pas d'accord. Pour certains, il proviendrait de *venire*, venir, tout simplement. L'idée est belle, elle est convaincante aussi. Le dictionnaire rappelle que le souvenir est également un objet : un cadeau, un présent. Avec de tels rapprochements, les psychanalystes peuvent se régaler. Le souvenir, un cadeau ? Pas toujours. Un présent ? On croyait qu'il n'évoquait que le passé…

Dans le *Dictionnaire de l'Académie française*, le mot n'est pas encore défini. Quelle tristesse. La vénérable institution n'en est encore qu'à la lettre « r ». Patience, donc. Mais en poussant la recherche un peu plus loin, on se rend compte que le *Dictionnaire de l'Académie* utilise cinquante fois « souvenir » pour d'autres définitions... C'est incroyable de définir un terme avec un autre qui n'est pas encore défini... Comme quoi, ce mot est incontournable. L'Académie française y a recours pour « accrocher », « affluer », « amer », « arracher »... jusqu'à « garder », « guerre », « hypermnésie » et « imprécis ».

Parmi toutes les entrées, j'aime surtout « se souvenir ». C'est-à-dire « garder la trace de quelqu'un, de quelque chose dans la mémoire, se le rappeler » (*Larousse*). Dans cette définition, il y a des mots qui doivent rester gravés : garder la trace — la mémoire — se rappeler. C'est exactement cela les souvenirs, et c'est pour cela qu'ils méritent un éloge. Le *Robert* complète l'idée en y ajoutant, ce qui n'est pas pour me déplaire, « avoir à nouveau présent à l'esprit ». L'idée nous renvoie aux commémorations parfois décriées. Pourtant, se souvenir demeure essentiel. J'ai un faible pour les anniversaires, la cérémonie du Soldat inconnu, le centenaire ou le bicentenaire de la naissance ou de la mort d'un grand écrivain — c'est l'occasion de se replonger dans son œuvre.

L'album de famille

L'album de famille. C'est le lieu de tous les souvenirs. Parfois, certains nous reviennent à la figure — on les avait oubliés. Parfois, notre famille nous paraît étrangère — à regarder cette photo, on se dit: « Et l'enfant, qui est à droite, dans les bras d'une femme, c'est moi ? » Oui, c'est moi. C'était quand ? J'avais quel âge ? Sept, huit ou neuf ans ? Les années se mélangent. Souvent, je jette un coup d'œil sur le dos des photos, cherchant une indication précieuse — une date que les machines enregistrent automatiquement, un mot que j'aurais laissé. Je suis un piètre archiviste, non seulement je n'annote pas les photos, mais j'en redécouvre beaucoup au hasard des déménagements ou des rangements — bien trop rares.

Je me souviens d'un documentaire sur France Culture dont le titre était simplement « L'album de famille ». C'était fascinant. On y disait que cet album est le « livre fondateur de la famille ». Je suis bien placé pour savoir qu'il n'est malheureusement pas toujours possible d'en avoir un, d'ouvrage fondateur d'une famille : chez moi, on doit posséder à peine dix photos de notre enfance, et aucun album où toute la famille est réunie (et je ne parle que du père, de la mère et des six enfants, je ne parle pas des grands-parents dont il n'existe, en tout et pour tout, qu'une photo de cinq centimètres sur cinq).

Dans une autre émission, sur la même chaîne de radio, je crois que c'était « Sur les docks », d'Irène Omélianenko, les documentaristes parlaient de Delphine Balley, une photographe, et d'Anne Delrez. Cette dernière est la propriétaire d'un lieu incroyable, La Conserverie, situé à Metz. Il faut absolument parler de la petite association qu'il abrite, qui se présente comme le « conservatoire national de l'album de famille ». « C'était où, c'était quand », c'est son nom, est un lieu d'archives ouvert certains jours de la semaine. Quand je dis que la France est le pays des archives, personne ne me croit, et pourtant pas une région, pas un département, pas une petite ville qui ne possède ses archives. C'est tout simplement incroyable. J'aime cette France des archives qui permet d'accéder à des souvenirs même douloureux. On y reviendra.

La Conserverie possède un site, et j'adore son nom : www.cetaitoucetaitquand.fr. Elle se présente comme une structure dont la vocation est d'être « un point d'écoute, un point de rencontre dédié à la photographie dite de famille ». Et je cite, tant les mots de cette Conserverie résonnent fort : « À cette image qui appartient à chacun de nous. Celle qui, comme un vieux pull aimé et déformé par les années, a grandi avec nous. Cette image qui délie la langue des émotions. Celle qui, parce que populaire, porte en elle les attributs complexes de notre histoire collective. Ces photographies qui nous dépassent un peu dans ce qu'elles veulent bien dire, montrer, souligner, dessiner. Celles qui, comme le souligne Michel Frizot, "débordent" d'elles-mêmes. Elles font écho à notre imaginaire collectif. Avec elles, reste entrouvert l'accès à la mémoire des sentiments. Ici, on s'invite à cette table d'anniversaire, à cette descente de luge, à ce mariage. Là, au milieu de la table du dimanche, pour en humer les odeurs. L'album de photographies de famille ne fait pas de leçon, ne regarde pas de trop loin, ne juge pas. Les protagonistes sont les deux pieds dans leur présent sans souci de la page suivante et de leur futur. L'album est là, posé sur une étagère, au fond d'un carton. Ouvert ou fermé. Sans intérêt pour le fait d'être déjà dans le passé. « C'était où ? C'était quand ? » veut s'abreuver de la gentillesse des regards photographiés à l'attention de celui qui se cache derrière le viseur, de ces intentions, de ces évidences, de ces traces de vie, de cette multitude de petites bribes d'un présent qui, côte à côte, écrivent un bout d'histoire. »

Plus tard, j'ai réécouté le documentaire sur podcast — ça aussi, quelle belle invention pour raviver ou retenir des souvenirs. Ce document sonore est signé de Juliette Armanet et Véronique Vila. Superbe documentaire sur une idée simple. Ça commence par des rires, beaucoup de rires. On imagine une famille réunie autour d'un album de photos. « Tu avais une demi-heure », dit une femme. Un garçon rit : « Mais c'était où ? » « Tu n'as jamais su poser », se moque un autre. Rires, encore. Discussions. « Oh ! c'est Clem ! » « Oh ! c'est Marie ! » « Oh ! C'est Valouche ! » On se passe les photos. Puis la voix off de Juliette Armanet ou de Véronique Vila explique la démarche : « On dit que dans beaucoup de familles se cachent les romans de nos vies… » J'ai beaucoup aimé cette expression. La photographie, ce document sans textes, parfois sans chronologie, détient tous les secrets, tous les mythes sur plusieurs générations, souligne le documentaire. Et les enquêtrices de s'interroger : « Mais que racontent vraiment ces images de l'intime ? Pourquoi fait-on des albums photo ? Et surtout, pourquoi les regarde-t-on ? » L'une des documentaristes s'est prêtée au jeu et a fouillé dans son propre album de famille.

Cela me rappelle un livre de Modiano, qui m'avait attiré par son titre, *Livret de famille*. J'en possède l'édition originale, une autre qui provient sans doute de France Loisirs et la première publication en poche, parue en 1981, avec la couverture dessinée par Le-Tan — c'est celle-là qui m'a marqué, avec une photo de Modiano, des lettres... J'étais sidéré qu'un écrivain puisse titrer son roman *Livret de famille*, je croyais que c'était un document qui ne pouvait intéresser que les familles pauvres — je ne sais pas pourquoi j'avais cette pensée absurde. J'ai repris ce livre, il s'agit de quatorze récits — souvenirs réels ou souvenirs imaginaires ? Avec Modiano, on ne sait jamais. L'écrivain dit simplement que ces quatorze histoires créent peu à peu un livret de famille.

Le livret de famille, ce sont les papiers, on découvre les dates de naissance de ses parents, celle de leur mariage, et, parfois, les petites annotations officielles qui indiquent un divorce, un changement de nom... J'ai toujours eu une fascination pour les tampons administratifs qui donnent un caractère réel à la vie. Ce sont les preuves de notre existence, comme le dit Modiano dans l'un de ses romans ; il a dû écrire quelque chose comme « les seules traces de notre passage sur terre »… Et donner cette définition : « Qu'est-ce qu'un livret de famille ? C'est le document officiel rattachant tout être humain à la société dans laquelle il vient au monde. »

La photo de classe

La photo de classe participe du même principe. Elle demeure l'un des rares lieux où puissent se fixer nos souvenirs. Contrairement à l'album de photos, elle est le plus souvent obligatoire — à faire, pas à acheter. Je regrette de n'en avoir aucune dans mes cartons. La photo de classe me renvoie à ces années où, sans vraiment tout comprendre, on sentait déjà les différences de classes sociales. C'était fou. Je redoutais tant ce moment où le professeur principal nous annonçait le jour de la prise de vue avec toute la classe. Plus tard, j'ai compris que ma mère la redoutait aussi, parce qu'il fallait m'habiller convenablement. Les plus aisés de mes camarades achetaient les photos en nombre — photos de classe et photos individuelles —, ma mère profitait de la possibilité offerte que mes sœurs et moi soyons photographiés ensemble et n'achetait que ces photos-là. Voilà pourquoi je n'ai pas de photos des classes où je suis passé en primaire, au collège et au lycée.

Grâce à des amis d'enfance que j'ai croisés ou à Internet, j'ai pu retrouver ces souvenirs. Aussi quand je consulte ces rares photos, cela me fait un effet considérable, presque anormal. Faites l'expérience, elle est impressionnante, fantastique — j'en suis encore tout ému. Je me suis inscrit sur le réseau Copains d'avant. Une page vous explique que ce site rassemble plus de quinze millions de membres et qu'il permet de retrouver des camarades de classe. Ce n'était pas ce que je recherchais, mais la curiosité m'a poussé — je ne savais plus si c'était en première ou en terminale que j'étais avec Olivier K. Et surtout je voulais vérifier si j'avais été dans le même lycée que Nadia R., que j'avais aimée secrètement (il paraît qu'elle aussi), je voulais aussi savoir dans quelle classe se trouvait Virginie B. Ce site sait faire sa promotion : « Avec plus de 15 millions de membres, Copains d'avant est le site qui vous permet de retrouver d'anciens copains d'école, des amis éloignés ou un amour de jeunesse… Pour faciliter vos retrouvailles, recherchez également parmi 1,3 million de photos de classe et 3 millions d'établissements. »

Je me suis inscrit — c'est gratuit, en grande partie du moins. J'ai saisi mon nom. Et le passé est venu tambouriner à la porte de ma mémoire.

Les collèges, les lycées, l'université que j'ai fréquentés. Il y a toujours quelqu'un qui a gardé une photo de la classe de terminale en 1983 et qui l'a scannée et mise en ligne. J'étais tellement heureux de retrouver (je devrais dire trouver) cette photo que je m'y suis plongé pendant des heures. Si j'ai oublié des noms, je me suis souvenu de tous les visages. Je ne me rappelais plus l'existence de beaucoup. L'émotion est démultipliée quand, d'un seul clic, on retrouve la trace de certains copains qui se sont non seulement inscrits, mais indiquent également ce qu'ils font aujourd'hui : s'ils sont mariés, ont des enfants, exercent tel ou tel métier, dans telle ou telle ville. Parfois, une photo d'eux accompagne les informations. Les regards ne changent pas. Je finis par les reconnaître tous.

Une bouffée de souvenirs remonte à la surface. Cette bouffée est plaisante et nostalgique, mais je ne désire pas retrouver les amis d'antan. J'aspire seulement à ce retour vers le passé qui m'oblige à penser, à réfléchir, à méditer sur les années écoulées. J'apprécie ce temps mort, cette suspension bienvenue, nécessaire même.

Dans les forums de discussion, je lis des échanges — je n'y participe pas. Je vois des clubs qui se forment — les Anciens de l'université de Nanterre. Je lis aussi des angoisses qui me font sourire. Ainsi, cet appel au secours : « Mon ordinateur a planté, et j'ai perdu tous mes albums photo, comment faire ? » Un camarade lui répond : « Ne t'inquiète pas, certains de tes albums sont enregistrés sur le réseau, tu peux les copier... »

Le réseau Facebook aussi tente de jouer sur la fibre des souvenirs. Même si le réseau social joue surtout sur la vie immédiate — mes commentaires du moment sur l'actualité du moment, ma vie, mes amours, mes soucis, mes amis... Il est le lieu où se constitue une sorte de mémoire à travers les nombreuses photos (photos de vacances, de famille...) que l'on peut mettre sur le site. Il existe un onglet « Albums », c'est dire. Mais sa fonction la plus intéressante est sans doute cette possibilité de rechercher des amis d'enfance à travers un moteur de recherche. C'est d'une efficacité extraordinaire. Il suffit de mettre sur votre « profil » que vous avez effectué des études à tel lycée durant telle période, ou telle université, telle année, et Facebook vous envoie un message du type « vous connaissez peut-être cette personne... ». Un simple clic et vous pouvez être en lien avec elle, un(e) camarade de classe, un(e) ancien(ne) petit(e) chéri(e).

J'ai moi-même été contacté par ce biais, et repris le lien avec des amis d'enfance.

On peut aussi envoyer une requête pour retrouver un ami perdu de vue — il y a plus de vingt millions d'utilisateurs en France. Combien de retrouvailles ? Combien d'histoires entendues ou lues d'un homme ou d'une femme qui a renoué avec son amour d'enfance ou d'adolescence ?

Les lieux du passé

On pourrait écrire la biographie de sa vie en recensant les maisons et les lieux dans lesquels on a vécu.

D'ailleurs, le nombre de maisons que l'on a habitées est un indicateur précieux : peu de maisons occupées au cours des années, voilà le signe d'une stabilité certaine, un enracinement fort. Derrière un trop grand nombre de pays ou de villes se cachent l'exil et le déracinement. Et il n'est point besoin d'être un étranger pour cela. Je connais des vies d'enfants de diplomates ou de militaires qui valent tous les exils.

Le problème, surtout pour cette dernière catégorie, ceux qui ont changé de pays : peut-on retrouver les lieux de son enfance ? J'ai beaucoup aimé *Quand as-tu vu ton père pour la dernière fois ?*, le livre d'Alex Taylor. Lors de la maladie de son père, le journaliste et écrivain retrouve son pays natal. Le fil directeur de son récit est cette question : « À quel lieu j'appartiens ? » Alex Taylor évoque le déracinement, il est né à Luton, petite cité au nord de Londres, il a grandi en Cornouailles, dans le sud de l'Angleterre, et il vit en France depuis plus de trente ans. L'agonie de son père, qui a passé sa vie à réparer des horloges, l'oblige à remonter le temps. Lui reviennent en mémoire des images, des goûts, des parfums et même des souvenirs tactiles. Le disque dur de la mémoire conserve tout. Cela permet aussi, et c'est très touchant, de voir un homme en train d'observer le gamin qu'il a été.

Un jour, l'écrivain Pierre Jourde et moi nous trouvions dans un train qui nous ramenait à Paris. À un moment de la conversation, il me dit qu'il sait où il sera enterré. Dans son village natal, là où se trouve le caveau familial. Il a une terre qui l'attend. Il est attaché à cette terre. J'étais admiratif et envieux. Moi, je ne sais pas où je serai enterré.

J'ai compté : j'ai vécu dans deux pays, mon village natal a été rasé et n'a plus de nom. Pas très pratique lorsqu'il s'agit de demander un acte de naissance. J'ai connu une dizaine de logements. Certains lieux m'ont marqué alors que je n'y effectuais que des visites (chez mon oncle, à Aubervilliers, et chez ma tante, à Oignies, dans le Nord). Il m'arrive d'effectuer de véritables pèlerinages dans les immeubles où je louais un appartement, histoire de humer les lieux, de voir ce qui a changé et ce qui demeure encore. J'imagine que l'on fait tous cela : tenter de retrouver le parfum du passé.

Je me souviens d'un récit de Jacques Vallet, *L'endormeuse.* Il évoquait tout cela. C'est un voyage des plus dangereux qu'entreprend le personnage principal, Edmond Duncourt, alors qu'il a déjà franchi la soixantaine : retourner sur le lieu où sa mère rencontra ce père inconnu et « volatilisé ». Au début, l'homme est guidé par une énergie instinctive. Mais très vite, et le cadre — une ville reculée du nord de la Meuse — et la période dans laquelle il doit se plonger — en 1938 et en 1939 — font resurgir des brûlures d'enfance. Il n'était pas désiré, et sa mère le lui a souvent répété. Paradoxalement, ces souvenirs l'aident à mieux comprendre cette femme qui était « peu armée pour la redoutable épreuve de vivre » et à laquelle il n'a jamais su dire merci pour sa sollicitude ni combien il l'aimait. Ce retour aux origines est cruel : Edmond ne rencontre que « l'impossibilité de remonter le temps, d'échanger un mot avec ce jeune père inconnu, avec cette mère qui a sombré dans la folie ». Et, au final : « Je me retrouve au point de départ : le monde est incompréhensible », constate le narrateur, désabusé, dont le ton n'est pas sans rappeler une autre *Endormeuse,* celle de Maupassant.

La madeleine de Proust et mes noyaux d'abricots

Proust, évidemment. Dès le titre, *À la recherche du temps perdu.* Dès le premier volume : *Du côté de chez Swann.* Dès la première partie : « Combray ». Dès la première page : il y a le souvenir, l'idée du souvenir. Et l'histoire des souvenirs. Toute l'œuvre de Proust est l'œuvre du souvenir. Ses sept romans qui composent son livre le plus célèbre auraient pu être titrés « À la recherche des souvenirs ». Le « temps perdu » n'est-il pas une autre façon de dire « souvenir » ? On entend cette idée dès l'incipit et les phrases qui suivent. « Longtemps, je me suis couché de bonne heure. Parfois, à peine ma bougie éteinte, mes yeux se fermaient si vite que je n'avais pas le temps de me dire : "Je m'endors." Et, une demi-heure après, la pensée qu'il était temps de chercher le sommeil m'éveillait ; je voulais poser le volume que je croyais avoir encore dans les mains et souffler ma lumière ; je n'avais pas cessé en dormant de faire des réflexions sur ce que je venais de lire, mais ces réflexions avaient pris un tour un peu particulier ; il me semblait que j'étais moi-même ce dont parlait l'ouvrage : une église, un quatuor, la rivalité de François Ier et de Charles Quint. » Et quelques lignes plus loin, après avoir évoqué « les pensées d'une existence antérieure » (ce pourrait bien être une définition des souvenirs), il écrit : « Je me demandais quelle heure il pouvait être ; j'entendais le sifflement des trains qui, plus ou moins éloigné, comme le chant d'un oiseau dans une forêt, relevant les distances, me décrivait l'étendue de la campagne déserte où le voyageur se hâte vers la station prochaine ; et le petit chemin qu'il suit va être gravé dans son souvenir par l'excitation qu'il doit à des lieux nouveaux, à des actes inaccoutumés, à la causerie récente et aux adieux sous la lampe étrangère qui le suivent encore dans le silence de la nuit, à la douceur prochaine du retour. »

Proust, évidemment, c'est la madeleine. Voici un extrait de ces pages d'anthologie. La phrase légendaire arrive très vite dans le premier des sept romans de la *Recherche*, à la première partie « Combray ». Elle est tout simplement mémorable, une évocation d'une puissance inouïe : « Et tout d'un coup le souvenir m'est apparu. Ce goût, c'était celui du petit morceau de madeleine que le dimanche matin à Combray (parce que ce jour-là je ne sortais pas avant l'heure de la messe), quand j'allais lui dire bonjour dans sa chambre, ma tante Léonie m'offrait après l'avoir trempé dans son infusion de thé ou de tilleul. La vue de la petite madeleine ne m'avait rien rappelé avant que je n'y eusse goûté ; peut-être parce que, en ayant souvent aperçu depuis, sans en manger, sur les tablettes des pâtissiers, leur image avait quitté ces jours de Combray pour se lier à d'autres plus récents ; peut-être parce que, de ces souvenirs abandonnés si longtemps hors de la mémoire, rien ne survivait, tout s'était désagrégé ; les formes — et celle aussi du petit coquillage de pâtisserie, si grassement sensuel sous son plissage sévère et dévot — s'étaient abolies, ou, ensommeillées, avaient perdu la force d'expansion qui leur eût permis de rejoindre la conscience. Mais, quand d'un passé ancien rien ne subsiste, après la mort des êtres, après la destruction des choses, seules, plus frêles mais plus vivaces, plus immatérielles, plus persistantes, plus fidèles, l'odeur et la saveur restent encore longtemps, comme des âmes, à se rappeler, à attendre, à espérer, sur la ruine de tout le reste, à porter sans fléchir, sur leur gouttelette presque impalpable, l'édifice immense du souvenir. »

Ainsi, « l'édifice immense du souvenir » est né d'une simple madeleine. En fait, Proust nous invite à retrouver, à travers un objet, un parfum, une image, nos souvenirs les plus enfouis.

Un jour, sur un plateau de télévision, j'ai rencontré Bernard Pivot. À la fin de l'émission, il me sort de sa poche un marron. Il me dit à peu près ceci : « J'ai toujours un marron dans ma poche, depuis tout petit. » Il m'a semblé que c'était à la fois une sorte de porte-bonheur et un élément qui le reliait à son enfance. D'ailleurs, il m'a confié qu'il gardait toujours le lien avec ses premiers amis…

C'est extraordinaire, ce jour-là, ce marron me renvoie à… un noyau d'abricot. Comme un flash, je me souviens tout d'un coup que je gardais toujours avec moi des noyaux d'abricots — souvenir qui renvoyait à l'été et au pays natal. On les gardait précieusement et on en faisait des sifflets en les frottant contre le sol et en en retirant l'intérieur. Les meilleurs sifflets naissaient des noyaux qui n'étaient ni trop petits ni trop gros. Toute l'enfance constituait une course au noyau parfait.

Le passage de Proust sur la madeleine m'avait particulièrement saisi. Bien sûr, il renvoyait aux parfums oubliés via ce qui touche le cœur des êtres : la cuisine, et la pâtisserie en premier lieu.

Quand je suis devenu journaliste littéraire, un de mes premiers articles a consisté à suivre les traces d'un écrivain. J'ai sauté sur l'occasion pour choisir Proust à Cabourg. Ce fut une expérience inoubliable. Je me souviens : au quatrième étage du Grand Hôtel de Cabourg, une fois franchie la porte du 414 — sur la porte est écrit « Souvenir Marcel Proust » et la suite est plus chère que les autres ! —, j'ai eu un pincement au cœur — l'émotion était même si forte que j'ai pleuré. Je crois qu'il est impossible de rester indifférent au décor, à l'atmosphère, aux couleurs. À gauche, une superbe salle de bains donne l'impression d'un voyage dans le temps. Je n'ai pas osé y pénétrer comme si j'avais eu peur de la salir. J'étais presque sur la pointe des pieds. En face, un couloir, plutôt long, sombre, amène vers l'illustre chambre. La couleur bordeaux, sur le lit et les fauteuils, prédomine. Un petit bureau, une grande bibliothèque où figurent des partitions de son ami Reynaldo Hahn, le compositeur de *Ciboulette*, avec qui il a formé, un moment, un couple. Seule source de lumière : la fenêtre, avec vue sur la mer. Je me suis alors rappelé qu'il en fait une description dans *À l'ombre des jeunes filles en fleurs* (avait-il le nez collé à la fenêtre ?) : « Quand, le matin, le soleil venait de derrière l'hôtel, découvrant devant moi les grèves illuminées jusqu'aux premiers contreforts de la mer, il semblait m'en montrer un autre versant et m'engager à poursuivre, sur la route tournante de ses rayons, un voyage immobile et varié à travers les plus beaux sites du paysage accidenté des heures. Et dès ce premier matin le soleil me désignait au loin d'un doigt souriant ces cimes bleues de la mer qui n'ont de nom sur aucune carte géographique, jusqu'à ce qu'étourdi de sa sublime promenade à la surface retentissante et chaotique de leurs crêtes et de leurs avalanches, il vînt se mettre à l'abri dans ma chambre, se prélassant sur le lit défait et égrenant ses richesses sur le lavabo mouillé, dans la malle ouverte, où, par sa splendeur même et son luxe déplacé, il ajoutait encore à l'impression du désordre. »

Bien sûr, je ne suis pas dupe, la chambre 414 a été « reconstituée », comme une « chambre témoin », en quelque sorte. Mais mon émotion était réelle.

Tout, ou presque, dans ce Grand Hôtel, a été décrit par Proust : le grand hall d'entrée, le restaurant, le casino, les escaliers, le porche... même le directeur (de l'époque !) et, surtout, les clients qui ont inspiré quelques personnages. L'établissement a longtemps été appelé malicieusement « L'hôtel de la poule » ; les hommes amenant leur épouse à Deauville, et leur maîtresse à Cabourg.

Proust a connu de nombreuses villes. Mais *À l'ombre des jeunes filles en fleurs*, et notamment la deuxième partie (« Noms de pays : le pays »), est particulièrement attaché à Cabourg (qui y sera transformé en Balbec), où il a passé ses étés de 1907 à 1914. Tant et si bien qu'il est aujourd'hui possible de se promener dans cette ville, le livre à la main. Pas une ligne où ne figurent une description géographique, une impression sur les paysages. L'exercice est magique : vous visitez la ville, son hôtel, son casino, son église, ses villas, avec un guide pour le moins illustre, à travers le regard de Proust lui-même.

Ce voyage à travers une œuvre littéraire est d'autant plus agréable que, sur le plan architectural et immobilier du moins, la ville a connu très peu de changements. Une seule chose pourrait peut-être, aujourd'hui, étonner le très timide Marcel : les « jeunes filles en fleurs » portent désormais des pantalons taille basse laissant apparaître nombril et string. Qu'en aurait-il pensé, lui qui, à la seule vue d'un sein, s'est trouvé tout retourné ? On peut toujours se promener sur la plage ou sur la longue rue (près de quatre kilomètres), derrière l'hôtel bordant la mer, qui s'appelle aujourd'hui la « Promenade Marcel-Proust ». L'auteur de *Du côté de chez Swann* est devenu un argument commercial !

L'église est telle que Marcel Proust l'avait vue. Seul le clocher a changé. À quelques mètres de là, la vaste porte d'entrée du Garden Tennis a été conservée aussi. À côté, des élèves d'une école maternelle piaffent et piaillent dans la cour de récréation. Ils sont en lieu sûr : une antenne de la police municipale s'est installée près d'eux. Quand on pénètre dans cette église sombre, au sol inégal, la manière de voir change forcément lorsque l'on pense que, il y a près d'un siècle, l'un des plus grands écrivains français s'y est recueilli.

À moins de un kilomètre de là, une autre église. Je ne suis plus à Cabourg, mais à Dives-sur-Mer, où le romancier effectua une halte, en attendant sa grand-mère et son amie, Mme de Villeparisis, qui étaient allées goûter chez le pâtissier. Tout en flânant, un autre passage d'*À l'ombre des jeunes filles en fleurs* me revient. Je l'ai retrouvé précisément : « Dans le bloc de verdure devant lequel on me laissa, il fallait pour reconnaîre une église faire un effort qui me fît serrer de plus près l'idée d'église (...). Mais alors un peu de vent soufflait, faisait frémir le porche mobile que parcouraient des remous propagés et tremblants comme une clarté ; les feuilles déferlaient les unes contre les autres... » À l'intérieur de la nef, on peut toujours voir les superbes vitraux, décrits par Proust : « Certes, c'était bien dans la mer que les pêcheurs avaient trouvé, selon la légende, le Christ miraculeux dont un vitrail de cette église qui était à quelques mètres de moi racontait la découverte... »

Et la madeleine ? Elle est toujours là. Elle se

trouve à quelques mètres de l'église, dans une enseigne baptisée Dupont avec un thé, et propose à sa clientèle… « La madeleine de Proust », forcément.

Les chansons et les poèmes

J'ai beaucoup de handicaps, mais celui qui m'agace le plus est cette incapacité à retenir un beau poème — j'en aime tellement. La récitation n'a jamais été mon fort, et c'est l'un de mes plus grands regrets. J'admire ceux qui peuvent, en un instant, citer de mémoire un grand poète.

Je crois que je suis même incapable de réciter entièrement *Le Corbeau et le Renard*. Je me cherche des excuses — une scolarité débutée tardivement —, mais je n'en trouve pas vraiment.

Le plus étonnant est que toute ma vie — et aujourd'hui encore —, je n'ai retenu qu'un seul poème, et il n'est pas parmi les plus connus même si les encyclopédies affirment qu'il reste l'un des sonnets les plus populaires du XIXe siècle : *Mes heures perdues*, de Félix Arvers. Je peux l'écrire par cœur :

Mon âme a son secret, ma vie a son mystère :
Un amour éternel en un moment conçu.
Le mal est sans espoir, aussi j'ai dû le taire,
Et celle qui l'a fait n'en a jamais rien su.

Hélas ! j'aurai passé près d'elle inaperçu,
Toujours à ses côtés, et pourtant solitaire,
Et j'aurai jusqu'au bout fait mon temps sur la terre,
N'osant rien demander et n'ayant rien reçu.

Pour elle, quoique Dieu l'ait faite douce et tendre,
Elle ira son chemin, distraite, et sans entendre
Ce murmure d'amour élevé sur ses pas ;

À l'austère devoir pieusement fidèle,
Elle dira, lisant ces vers tout remplis d'elle :
« Quelle est donc cette femme ? » et ne comprendra pas

Je ne sais pas pourquoi j'ai retenu chacun de ces mots. Peut-être, comme beaucoup, parce que j'avais l'impression de vivre ce que l'auteur a écrit. Ce sonnet ne m'a jamais quitté.

Des autres poèmes, beaucoup d'autres, que j'aime profondément aussi, il ne me reste qu'un vers ou deux. Je me souviens un peu de celui de Rudyard Kipling, *Si* ; de ses quatre premières lignes :

Si tu peux voir détruit l'ouvrage de ta vie
Et sans dire un seul mot te mettre à rebâtir,

Ou perdre en un seul coup le gain de cent parties
Sans un geste et sans un soupir

Et de sa chute :

Tu seras un homme, mon fils.

Je n'ai découvert la richesse de ce texte que tard et, encore plus tard, j'ai appris que l'on doit la traduction — celle qui est restée ancrée dans les mémoires — à André Maurois.

Aujourd'hui, je lis et relis les poèmes et les poètes qui m'ont marqué. Mais je n'arrive toujours pas à les réciter par cœur. Après tout, mon incapacité à me souvenir de tous les poèmes que j'aime me permet aussi d'avoir la joie de les (re)découvrir à chaque fois !

Les archives

J'en suis persuadé : la France est championne du monde des archives. Je ne connais pas un autre pays qui garde autant ses vieux papiers. Ça paraît dérisoire, mais, pour moi, c'est le signe d'une nation vigoureuse même si on a le sentiment — faux — que les archives nous amènent au passé. J'ai envie de dire : bien au contraire, c'est l'avenir, c'est la liberté. J'irai même plus loin : plus un pays est libre, plus il possède d'archives. Pourquoi ? Parce qu'un pays libre n'a pas peur de son passé. Regardez ce qu'il se passe dans les pays dictatoriaux : on efface le passé, on efface même des hommes sur des photos.

En France, il y a partout des archives. Dans toutes les villes, les départements, les régions ; même les associations recèlent de ces pépites. Même les familles. La BNF est une source de trésors.

Les commissariats aussi possèdent des archives.

Lorsque j'ai écrit *L'étoile jaune et le croissant*, un livre sur les liens entre les Juifs et les musulmans durant l'Occupation, je fus sidéré de découvrir au commissariat de police du Ve arrondissement de Paris, au deuxième étage, un service baptisé « Centre de la mémoire et des archives ». J'ai tout de suite adoré le nom. Une pépite d'informations, la caverne d'Ali Baba de la première partie du XXe siècle. C'est incroyable ce qu'on y trouve : la mémoire éparpillée, des souvenirs sur la bande à Bonnot, sur Mitterrand, Léon Blum, Vincent Auriol, Louis-Ferdinand Céline… Ce sont des dossiers établis par la police — des biographies, des notes des Renseignements généraux, des revues de presse d'époque, etc. Ce matériau extraordinaire a d'ailleurs fait l'objet d'un excellent livre : *Dans les secrets de la police. Quatre siècles d'Histoire, de crimes et de faits divers.* C'est édifiant aussi de voir combien les écrivains ont été surveillés. C'est une mine d'informations insoupçonnable. Le classement est un peu aléatoire, mais cela ajoute au charme des recherches.

Ces archives, comme celles d'autres institutions, aident aux souvenirs, à la mémoire. Souvent, une introspection commence dans les sous-sols d'une salle emplie de vieux papiers. Pour moi, ce ne sont d'ailleurs pas des papiers, mais des « êtres » faits de sang, de chair, de sueur, des êtres pleins d'émotion. Allez vous en rendre compte, fouillez dans les archives. Allez voir ces hommes et ces femmes à la recherche de leurs ascendants, en quête d'une généalogie, et vous comprendrez.

La liste des premières fois

C'est un jeu amusant, établir une liste des premières fois. D'ailleurs, Vincent Wackenheim lui a consacré un *Petit éloge*. L'écrivain y évoque une série de premières fois. Évidemment, on pense au premier baiser, et aux premières de toutes sortes. « La première fois est une formidable machine à raconter », explique-t-il. Il démontre même l'avantage de la première sur la dernière fois (voyez sur Internet, il y a deux fois plus d'occurrences pour le premier sujet). La « première fois » garde toujours l'avantage : c'est plus romantique, et c'est définitif, on ne peut plus rien y changer — il y a quelque chose de figé dans l'histoire. Tandis qu'une « dernière fois » a toujours la possibilité d'être détrônée : comment savoir si c'est le dernier amour, la dernière cigarette, la dernière fois ?... Mais, à bien y réfléchir, je suis sûr qu'une liste des « dernières fois » ne doit pas être inintéressante. Peut-être pour un autre chapitre ?

Dans ce *Petit éloge de la première fois*, Wackenheim s'appuie sur des anecdotes personnelles ou tirées de romans et de films. Une manière d'écrire, une dérision bienveillante donnent à ce petit livre un ton souriant et nostalgique. On a envie de se rappeler toutes ses premières fois. Dans les dernières pages, l'auteur nous invite à nous plonger dans la rédaction d'une liste (à la manière de celle de Perec dans *Je me souviens*). Cela devrait donner le livre de toute une vie ! Allons-y !

Le premier baiser. Elle s'appelait Muriel Jackson. Mais je ne suis plus certain de son prénom. Ni de son nom. C'est passé si vite. Il y avait un lac artificiel et des cygnes qui n'ont rien dit.

Le premier sentiment amoureux fort : Roxane, c'était en CM2. J'aimais son prénom, et sa beauté que cachaient de trop grosses lunettes. Une fragilité qui me donnait envie de la protéger. Pour elle, j'avais écrit des « poèmes »... et son prénom sur la plante des pieds ! Plus tard, entre le collège et le lycée, j'étais fou amoureux de Virginie, qui n'en avait cure — j'habitais dans une cité, elle vivait à trois kilomètres dans les beaux quartiers : elle pouvait être Juliette, je n'avais pas le charme d'un Roméo. Ce dont je me souviens précisément, ce sont les longues balades que j'effectuais près de chez elle pour espérer la croiser.

Vers seize, dix-sept ans, avec des copains, on

avait un « bon » plan : les filles de l'école catholique. On partait du constat que ces filles, à l'éducation rigide, avaient plus de désir que les autres. Ce n'était pas complètement faux. Pour les timides que nous étions, elles semblaient moins effrayantes. On en a un peu profité, mais pas tant que cela.

Le premier jour d'entrée au collège il fallait bien s'habiller : consigne de ma mère qui m'affublait de vêtements impossibles. Je glissais un survêtement de sport dans mon sac que je mettais juste avant d'entrer dans l'établissement. Je me sentais plus à l'aise.

Le premier contrat de travail signé après des années de galère. Dépôt de bilan au bout de seulement trois mois !

Copains d'avant-hier
(nouvelle)

Ce bref récit m'a été inspiré par un ami qui a eu recours au réseau social Copains d'avant, encore lui.

Je ne peux plus annuler : y aura les caméras de BFMTV qui font un reportage sur moi.

L'idée de réunir les anciens de mon lycée est venue du seul ami avec qui j'avais gardé un peu le contact, David Braouzec.

Ça fait quoi, vingt et un ou vingt-deux ans que je ne les ai pas revus, ces copains de la terminale A de Roissy-en-Brie. Si je pouvais annuler… Je ne sais pas pourquoi j'ai dit oui à David, peut-être pour lui faire plaisir, et il a su profiter d'un moment où je me trouvais dans le doute. Et pour une fois qu'il était capable d'aller au bout d'un projet, je n'allais pas le contrarier. Lui, son truc, c'est le « bizness ». Il était devenu organisateur d'événements. Organisateur d'événements ! Ça me fait marrer, il a jamais été foutu d'organiser une boum, alors des

« événements »... Il avait choisi la terminale littéraire parce qu'il était nul. Et il pensait qu'avec la philosophie et le français, il pouvait s'en sortir — « la philo, la littérature, c'est facile, c'est que du baratin », qu'il disait. N'empêche, il a raté son bac. Comme moi.

Je sais pourquoi David m'a embarqué dans cette histoire : je suis la seule célébrité du groupe, et même de tout le lycée. Je joue le rôle d'un flic dans une série qui passe chaque lundi soir sur TF1 depuis trois ans. *Commissaire Di Loretto.* Une audience record, vingt-cinq pour cent de part de marché, six à sept millions de téléspectateurs par épisode. On me reconnaît dans la rue. L'effet télé. Ça me fait une belle jambe. La télé, ce n'est pas ce que je voulais, moi. Mon rêve, quand j'avais créé le club de cinéma au lycée, c'était *être* comédien, comme De Niro, Nicholson, Redford. Jouer à fond, travailler avec les plus grands réalisateurs, comme le dieu Martin Scorsese. Je rêvais du grand écran. Pas du petit.

J'ai pris un taxi. Je ne me rappelais plus que Roissy était aussi loin. Le compteur affichait quatre-vingt-deux euros. J'ai évité le regard du chauffeur qui m'avait reconnu, je n'avais pas envie d'échanger des banalités ni de signer un autographe. Ça m'énerve. Je regardais le paysage qui défilait comme un film pour retrouver des rues, des maisons oubliées. Tout avait changé. Des immeubles partout, des centres commerciaux. On avait rasé les arbres. Depuis vingt ans, les seules fois où j'ai remis les pieds en banlieue c'était pour les tournages.

Dans le taxi, les souvenirs revenaient à la pelle. David m'avait envoyé une copie couleur de la photo de classe. On était vingt-quatre dont vingt filles. En regardant la photo, j'avais pitié de nous. J'avais pitié de moi. Combien de noms oubliés ? Combien de têtes avaient changé ? Le temps souille les rêves et les visages. Je me demandais combien de brunes étaient devenues blondes. Combien avaient usé du bistouri et du Botox ? La quarantaine ne fait pas de cadeaux aux femmes. Il y aurait sûrement celles qui avaient grossi, celles qui avaient maigri, les mariées, les divorcées, les déprimées, les furieuses, les effacées. Et moi ? Moi, j'étais resté seul. On ne peut pas dire que c'était un choix, j'ai jamais su garder un bonheur. Je m'étais rasé le crâne pour me venger de la calvitie — heureusement, c'était à la mode et ça allait bien à mon personnage de flic.

Je ne sais pas pourquoi le premier visage qui m'est revenu à l'esprit était celui de Roxane. Roxane Bouillin. Comment peut-on avoir un aussi joli prénom et être aussi moche ? Et quand je dis moche, je suis gentil : on ne pouvait pas la regarder sans détourner les yeux. À la vérité, elle était pas mal foutue, mais avec son appareil dentaire et ses lunettes en tessons de bouteille…

On l'appelait « la Bigleuse ». Elle était la première de la classe. Aujourd'hui, je me dis qu'elle devait être intéressante : elle aimait les films, aussi, et avait pris l'option « réalisation d'un court métrage ». Il paraît qu'elle avait bluffé le jury. Je me souviens, j'avais été très dur avec elle. Je lui avais fait comprendre qu'il était hors de question qu'elle rejoigne mon club de cinéma. Elle en mourait d'envie. Elle était prête à tout, même à être mon assistante, même à s'occuper de la paperasse, même à payer une caméra. Elle m'avait supplié je ne sais plus combien de fois. Elle me racontait qu'elle aimait passionnément la technique cinématographique. Comme si le cinéma, c'était de la technique. N'importe quoi. Elle avait insisté, m'avait montré sa collection de cassettes vidéo. Ça m'avait rendu jaloux, cette collection. Putain, elle avait tous les films sur lesquels je m'étais abîmé les yeux : *Vol au-dessus d'un nid de coucou, Taxi Driver, Les Hommes du Président, Easy Rider, Raging Bull*… ça m'énervait, mais à un point… Elle me disait, avec ses mots choisis et son langage soutenu qui détonnaient dans notre classe, « tu sais, les making of sont très instructifs. Contrairement à une idée reçue, les grands réalisateurs sont épris de technique, ils peuvent décrypter un plan de dix secondes pendant des heures… La technique peut révéler une émotion, un sens caché… ». Ouais, c'est ça.

Et tu y connais quoi, toi, en émotion ? C'est pas la technique qui compte, c'est le jeu, la vision, la rage. Rien à voir avec la technique. Elle n'a jamais mis les pieds dans mon club, la Roxane.

J'ai pensé aussi à celle qu'on appelait « la Suédoise ». Eva. Elle était, en fait, danoise. Une bombe, celle-là. Je l'avais acceptée dans mon club ciné juste pour me la faire, mais ça n'avait pas marché. J'espère qu'elle sera là, histoire de prendre ma petite revanche.

J'ai l'habitude : quand j'entre dans une salle, j'attire les regards. L'effet télé. Ça n'a pas loupé, dans ce petit local de Roissy. David était tout heureux de me présenter, comme si on était les meilleurs amis du monde. C'est bon pour son bizness : il voulait signer un partenariat avec le site Copains d'avant. Il avait confectionné des cartes de visite bidon avec la mention « *manager* » dessus. Il les distribuait généreusement.

DAVID BRAOUZEC & CO.
manager

375, allée des Tilleuls, résidence H4,
77680 Roissy-en-Brie

06 09 73 60 99
david.braouzec@gmail.com

J'aurais dû lui dire de mettre une adresse parisienne, ça fait plus chic, la sienne faisait tache. « Allée des Tilleuls ». Quel con.

Une grosse s'est précipitée sur moi. « Jocelyne. Jocelyne Framboise », qu'elle m'a dit. J'ai mis trois longues secondes à me remémorer son nom et ce qu'il restait de son visage. Ah, ça y est, je m'en souviens. Je l'avais baisée. Vite et mal. Elle ne m'en avait pas voulu. Je l'ai joué faux-cul — c'est le métier qui veut ça — et je me suis entendu lui sortir un ridicule « tu n'as pas changé ». Elle m'a rétorqué, en forçant son rire, qu'elle avait pris autant d'années que de kilos. J'ai pensé plus de kilos que d'années, mais je me suis abstenu de le lui dire. Elle m'a fait le numéro que me font toutes les fans excitées : « J'ai pas raté un seul épisode, vous êtes génial, et patati et patata… » Je lui ai demandé de me tutoyer, elle en a rougi.

J'ai vite compris qu'il n'y avait pas que les copains de classe dans ce local. David avait fait un barouf d'enfer autour de ma venue. Je me suis retrouvé dans une assemblée de deux cents personnes, au moins. Les copains des copains, la famille, les mômes… L'effet télé. Ils s'étaient déplacés pour voir le commissaire Di Loretto — dans la série, j'avais un rôle sympa, le flic solitaire qui défend la veuve, l'orphelin et les opprimés ; ça plaît bien à la ménagère. Sur les tournages, j'avais une réputation de salaud. C'est fou comment les gens sont naïfs et confondent le rôle avec l'homme.

C'est un réflexe : dans les soirées, je cherche toujours la plus belle femme, celle qui a du charme et de la grâce. Je sais les repérer. Il n'y en a pas tant, et ce n'est pas parmi les vieilles de la terminale A que j'allais les trouver. Peut-être parmi les curieuses ? Peut-être Eva ?

Dès que je suis entré dans la salle, je l'ai remarquée. Eva était là. Toujours aussi canon. Elle me regardait avec insistance comme si elle voulait me parler. Je lui ai sorti mon sourire TF1. C'est elle qui est venue vers moi. L'effet télé. J'ai éprouvé un fort désir. La vengeance m'excite. On s'est fait la bise d'une manière un peu ambiguë. On a parlé de choses et d'autres. Elle non plus, elle n'a pas raté un épisode de *Commissaire Di Loretto.* Elle ne m'a pas lâché de la soirée. Quand je répondais aux questions du journaliste de BFMTV, elle me mangeait des yeux.

À la fin, je n'ai pas hésité. Je lui ai proposé de prendre un verre à Paris. J'avais réservé un taxi.

Elle a dit oui, comme si elle venait de gagner à l'Euro Millions. Tout le monde a vu qu'on allait partir ensemble. Je n'avais pas prêté beaucoup d'attention aux copains d'avant, juste échangé deux, trois banalités avec certains. Pour les caméras de BFMTV.

Le taxi s'était annoncé. Eva frétillait. Mais ce que je venais de voir dépassait tout ce que j'avais vu jusque-là, y compris chez les plus belles comédiennes. Cette femme, là-bas, elle n'était pas dans mon lycée. Une curieuse ? Elle avait du chien et de la classe. Brune, longs cheveux bouclés. Chemise blanche, léger décolleté, jean, teint hâlé. Superbe. L'élégance et la simplicité. La beauté et l'intelligence. La femme de mes rêves se trouve donc ici, à Roissy-en-Brie.

J'ai dit à Eva de m'attendre une minute. J'ai cherché David des yeux. Si c'est un si bon organisateur, il doit la connaître, cette curieuse. Il a été flatté que je lui demande quelque chose. « La créature, là-bas, c'est qui ? », lui ai-je demandé fébrilement. Il m'a répondu qu'elle arrivait de Los Angeles pour voir sa famille, qu'elle travaillait là-bas depuis quelques années, « justement, elle voulait te parler, mais t'étais toujours pris. Tu sais quoi, elle est l'assistante réalisatrice de Martin Scorsese. Scorsese himself, mon vieux ! » J'étais sidéré, je ne savais pas quoi dire, j'ai balbutié : « David, je veux son nom et son téléphone. Tout de suite. » Il m'a simplement répondu : « Mais c'est Roxane. Roxane Bouillin. »

Petite anthologie personnelle

Patrick Modiano

Pour moi, un livre de Patrick Modiano est toujours un événement. On a beau dire que ses romans se ressemblent, j'attends ses textes comme les beaux jours. Je note sur un cahier des phrases de lui. Je les relis, et chaque fois j'éprouve un même bonheur teinté de quelque chose qui s'est cassé et qui ne se réparera pas, une fraternité — j'ai le sentiment d'être le seul à comprendre les fragilités et les angoisses de l'écrivain, à les partager.

Dans les deux récits que j'ai publiés, *L'affaire de l'esclave Furcy* et *L'étoile jaune et le croissant*, je me suis débrouillé pour citer Modiano, reprendre un extrait d'un de ses livres (ils me parlent tous), appuyer ma démarche par ce qu'il a déjà écrit. Et je me rends compte que c'est encore ce que je suis en train de faire. Si j'avais un peu d'audace, je lui dédierais ces pages. Tous ses romans renvoient aux souvenirs. Tous sans exception. Par exemple, *L'horizon* est une quête du passé (je pourrais dire que c'est la marque de fabrique de Modiano). Dans ce livre, Jean Bosmans note sur un carnet de moleskine noir les épisodes de sa jeunesse, « des épisodes sans suite, coupés net, des visages sans noms, des rencontres fugitives ». Parmi ces rencontres, il se souvient d'une certaine Margaret Le Coz. Bien sûr, il tente de la retrouver des décennies plus tard. Est-elle morte, vivante ? D'habitude, tout ou presque se passe à Paris. Cette fois, Berlin a son importance. Depuis son premier roman, *La place de l'étoile*, Patrick Modiano écrit sur l'obscurité du passé et les traces que ce passé peut laisser. Son prix Goncourt, *Rue des Boutiques Obscures*, en 1978, n'échappe pas à la règle. J'ai été ébloui quand je l'ai lu et relu. Je me souviens de mon émerveillement lorsque Françoise Hardy, de sa belle voix, tendre et posée, m'a cité par cœur les dernières phrases du roman : « J'avais sorti de ma poche, machinalement, les photos de nous que je voulais montrer à Freddie, et parmi celles-ci, la photo de Gay Orlow, petite fille. Je n'avais pas remarqué jusque-là qu'elle pleurait. On le devinait à un froncement de ses sourcils. Un instant, mes pensées m'ont emporté loin de ce lagon, à l'autre bout du monde, dans une station balnéaire de la Russie du Sud où la photo avait été prise, il y a longtemps. Une petite fille rentre de la plage, au crépuscule, avec sa mère. Elle pleure pour rien, parce qu'elle aurait voulu continuer de jouer. Elle s'éloigne. Elle a déjà tourné le coin de la rue, et nos vies ne sont-elles pas aussi rapides à dissiper dans le soir que ce chagrin d'enfant ? » Quelle merveille. Quel désespoir. Il fallait l'inventer ce détective amnésique qui enquête sur lui-même.

J'ai été également marqué par l'histoire de *Dora Bruder* — il n'y a pas une année depuis qu'il est paru en 1995 où je ne l'ai pas relu. Plonger dans le passé, dans ses propres souvenirs pour ressusciter une disparue entrevue à travers une petite annonce parue en 1942 : « Née le 25/02/1926 à Paris 12ème ». Pour lire *Un pedigree*, un très court texte autobiographique composé de souvenirs, uniquement de souvenirs — vrais ou faux, peu importe —, il me faut m'arrêter quelquefois pour reprendre ma respiration. Une simple phrase, même factuelle, peut littéralement me couper le souffle. Je n'imaginais pas que la simplicité pouvait posséder autant de force. « Mais je suis patient. Je peux attendre des heures sous la pluie », écrit Modiano dans *Dora Bruder*. Pourquoi ces mots simples résonnent-ils encore en moi ?

Qu'est-ce que j'aime dans les textes de Patrick Modiano ? C'est ce ton, cette ambiance indéfinissable qui n'appartient qu'à lui : on commence à lire, et on se laisse prendre. Dès les premières lignes s'installent une vie, des vies, un décor, et des interrogations. Nous voilà embarqué dans une histoire avec ce narrateur hésitant, à la mémoire à la fois précise et trouble. Mais c'est fantastique, c'est Modiano. Il pourrait écrire un annuaire, il me séduirait quand même. Rarement un écrivain produit cet effet. J'aime aussi cette façon de décrire des destins cabossés, de se plonger dans l'air du passé, de nous emmener vers des rues ou des quartiers qui nous disent quelque chose.

Dans *Chien de printemps*, le personnage est un photographe qui semble avoir existé mais que Modiano a inventé : après avoir connu une certaine notoriété, Francis Jansen, qui fut proche de Robert Capa, prend la soudaine décision de tout abandonner pour partir au Mexique. Il laisse au narrateur toutes ses photos — comme la marque de son passage. Le jeune homme n'en fait rien. Ce n'est que des dizaines d'années plus tard, en retrouvant un cliché, qu'il replonge dans ces archives. « Il a quitté la France au mois de juin 1964, et j'écris ces lignes en avril 1992 [...]. Son souvenir était resté en hibernation et voilà qu'il resurgit au début de ce printemps de 1992. » C'est, bien sûr, l'un des thèmes majeurs de Modiano : la quête d'un homme, d'un parcours, d'une destinée à travers des photos, des papiers d'identité, des documents administratifs, des annuaires téléphoniques… Ou comment reconstituer un puzzle dont on n'est pas sûr que toutes les pièces existent. Dans ce court roman, comme dans *Un pedigree*, mais aussi dans plusieurs autres textes, il est question d'un chien sans collier, d'un « chien fantôme », d'un « pedigree ». S'ils ne font que se croiser, le narrateur et le photographe se retrouvent sur un point : il leur arrive à tous deux de tomber dans des trous noirs. La fin, quand il revoit Jansen en « ombres chinoises », constitue un rebondissement « modianesque » : « Il ne savait plus quel homme il était. »

Pour moi, Modiano, c'est une voix, l'une des plus belles de la littérature française, une musique aussi, accompagnée de mots simples et de nombreux silences. On ne sait par quelle magie il réussit à créer cette atmosphère chargée de mystère et de mélancolie. Il réussit surtout à mettre un peu de lumière sur des anonymes qu'il nous rend si attachants. J'ai retrouvé tout cela quand j'ai lu *Dans le café de la jeunesse perdue*. Nous sommes à Paris, dans les années 1960. Une jeune femme disparaît. On ne sait pas grand-chose d'elle, si ce n'est son surnom : Louki. Comme d'autres personnes désœuvrées, elle se retrouvait dans ce Café de la jeunesse perdue, près du carrefour de l'Odéon. Mais qui était-elle ? Afin de brosser son portrait, Patrick Modiano laisse la parole à des hommes qui l'ont croisée et, finalement, si peu connue : un détective privé, un étudiant, un romancier en herbe et le mari de cette jeune femme. On entend également Louki évoquer sa vie sans horizon dans un Paris en noir et blanc. À travers le joli titre de ce roman, *Dans le café de la jeunesse perdue* — emprunté au « philosophe sentimental » Guy Debord —, il renoue le fil de son œuvre tissée depuis près de quarante ans. Ce sont des mots qui reviennent, une ambiance et une musique mélancoliques, des lieux, des personnages dont on n'est jamais sûr du patronyme, des détectives… Le décor est principalement le carrefour de l'Odéon où est situé le café, le IXe arrondissement parisien, Neuilly… La trame est la recherche d'une jeune mariée qui a disparu sans prévenir son époux plus âgé qu'elle. Cette fois, l'écrivain fait appel à quatre narrateurs, dont la jeune épouse. Tous ont, bien sûr, quelque chose de Modiano, jusqu'à cette disparue se remémorant une enfance qui n'est pas sans faire écho à celle de l'auteur. Il y a le détective nommé Caisley, qui prendra soin de ne pas la retrouver ! Il y a un romancier en herbe qui projette d'écrire sur « les zones neutres », une énumération par arrondissement avec les noms des rues qui délimitent ces zones. Il y a aussi cet étudiant des Mines qui se contente d'écouter et de se souvenir. Et l'héroïne disparue, Jacqueline Delanque, mieux connue sous son surnom de Louki. Même les personnages secondaires épousent les obsessions de l'auteur. À l'instar de ce Bowing, l'un des clients du café, dont l'ambition est de nommer et de « fixer » quelque part ces jeunes désœuvrés et de tenir « un immense registre où auraient été consignés les noms des clients de tous les cafés de Paris depuis cent ans ». Chacun ne possède que des fragments de la vie de Louki, y compris son mari qui, finalement, connaît peu sa femme.

Cette tâche, qui consiste à rassembler un puzzle, est l'œuvre même de Modiano : il est le biographe méticuleux des anonymes, l'agent de recherche de personnes disparues sans laisser de traces, ou si peu. L'écrivain travaille justement sur ce « si peu » : la date et le lieu de naissance, un permis de conduire, un carnet de chèques, « je notais tous ces détails qui sont souvent les seuls à témoigner du passage d'un vivant sur terre », explique le détective, qui livre en même temps le mode d'emploi du romancier. Et ajoute : « Avant tout, déterminer avec le plus d'exactitude possible les itinéraires que suivent les gens, pour mieux les comprendre. » Ou encore « reconnaître les lieux sans entrer tout de suite dans le vif du sujet ». Dans cette quête, on ne rencontre souvent que des silences — « Nous vivons à la merci de certains silences », dit-il —, des attentes répétées, pas de travail régulier, pas de domicile fixe, des identités brouillées, des hôtels, des amis de passage : rien sur quoi se fixer. Et c'est tout le mérite de l'écrivain que de nous donner à lire la vie de ces inconnus. Dans une étude de *La ronde de nuit*, Bruno Doucey soulignait que l'écriture de Modiano est une seconde chance pour ses personnages : « Elle offre à celui qui n'est rien la possibilité d'exister enfin et d'accéder à son humanité. » Oui, le romancier redonne vie à des gens perdus ; il cherche, selon les vœux de Bowing, à les « sauver de l'oubli ». L'écrivain y parvient admirablement.

Albert Camus

Dans *L'étranger*, il y a une phrase qui m'a beaucoup marqué. Comme par hasard, elle fait référence aux souvenirs. Dans la deuxième partie du roman, celle où Meursault est emprisonné et attend son jugement, il dit ceci : « J'ai fini par ne plus m'ennuyer du tout à partir de l'instant où j'ai appris à me souvenir. Je me mettais quelquefois à penser à ma chambre et, en imagination, je partais d'un coin pour y revenir en dénombrant mentalement ce qui se trouvait sur mon chemin. » En gros, il expliquait qu'on pouvait vivre de souvenirs et que — en grossissant le trait — la prison n'empêche pas de vivre.

J'ai toujours rêvé de rencontrer Albert Camus. Il est mort quatre années avant ma naissance. Heureusement qu'il a laissé ses livres.

Ma rencontre avec Catherine Camus fut sans doute l'un des plus beaux moments que m'offre le métier de journaliste. Pour moi, c'était une manière d'approcher la légende, son père : je me suis adressé à sa fille. C'est ainsi que je me suis retrouvé dans un salon mythique des Éditions Gallimard, qui fut le bureau de Claude Gallimard, en train de bavarder avec Catherine, la fille d'Albert. La femme est d'un abord simple et souriant, même si avoir un rendez-vous avec elle n'a pas été aisé : « J'aime bien rester dans l'ombre, je n'aime pas que l'on me voie, ça me fait peur », m'explique-t-elle.

J'aime Camus au-delà du raisonnable. Et je suis persuadé que son extraordinaire postérité est due à sa fille. Si, en 1994, elle n'avait pas publié *Le premier homme*, le manuscrit trouvé dans le coffre de la Facel Vega où l'écrivain est mort le 3 janvier 1960, le « philosophe pour terminales » ne serait pas ce qu'il est aujourd'hui aux yeux des millions de lecteurs. J'en suis intimement persuadé.

Le premier homme est en fait un roman inachevé qui rassemble les notes de l'auteur pour ce qui devait être un récit aux accents autobiographiques. Depuis sa publication, les lecteurs ont le sentiment de mieux connaître Camus, je crois.

Camus me renvoie toujours à des souvenirs, souvenirs d'enfance en Algérie, souvenirs d'adolescence en France, souvenirs d'homme. *L'étranger* est l'un des rares livres que je relis ou feuillette longuement au moins une fois par an. Enfant, le roman m'avait subjugué sans que je comprenne quoi que ce soit, j'ai passé ma lecture à chercher où était l'étranger qui aurait pu me ressembler. Plus tard, j'ai un peu mieux compris.

Pas un trimestre ne passe sans que je (re)découvre Camus : un élément dans ses *Carnets*, une phrase dans *La peste*, un désespoir dans *La chute*…

Catherine Camus avait quatorze ans quand son père est mort. J'ai toujours éprouvé un sentiment d'orphelin qui me rapprochait d'elle. Aussi, quand j'ai pu la rencontrer, j'étais fou de joie et franchement embêté : n'allais-je pas être déçu par cette sœur de cœur ? En fait, jamais.

La première fois, c'était chez elle, à Lourmarin — chez Camus, dans la maison que son père avait achetée après le prix Nobel de littérature. Rue Albert-Camus ! Ce village du Vaucluse rappelait à l'écrivain son Algérie natale. Ce fut un merveilleux moment.

Ce jour-là, au début de la conversation, lorsqu'elle évoquait son père avec beaucoup de réserve, elle disait « Camus », puis, petit à petit, elle se laissait aller à prononcer « mon père ». Quand notre entretien se terminait, elle avait fini par dire « papa ». De nombreux silences et parfois des regards bleus inconsciemment tournés vers le ciel accompagnaient cet après-midi-là.

Une voix douce et des paroles rares, remplies d'autodérision.

Elle m'a confié que ses enfants se moquent d'elle lorsqu'elle dit « papa » en parlant d'Albert Camus. « Je suis restée scotchée à l'âge de quatorze ans. Il n'y a pas une journée où je ne pense pas à lui. C'est ma vie. Il me donne encore l'énergie », m'explique-t-elle. Elle ajoute avec une modestie désarmante : « Je suis l'œuvre mineure d'Albert Camus. »

Elle habite toujours la maison de Lourmarin, moins de mille habitants. C'est là que repose son père. Il aurait fallu l'exhumer pour le porter au Panthéon. Toujours fataliste, sa fille, qui n'y était pas opposée, me dit : « Finalement, il est bien là : sa tombe est toujours fleurie de lavandes, de lauriers-roses et d'iris. »

Très vite, je lui pose la question des souvenirs qu'elle a pu garder de son père — je rappelle qu'elle avait quatorze ans quand il est mort. Elle me répond spontanément : « Le souvenir d'un homme rigoureux, sérieux, mais en même temps plein de vie, drôle, généreux. On oublie qu'il avait beaucoup d'humour, qu'il aimait blaguer. Je me souviens également d'un moment qui m'a marquée — j'avais huit ans, c'était en 1953. Mon père était visiblement triste, je suis allée le voir et je lui ai dit : "Tu es triste, papa ?", il m'a répondu :

“Je suis seul”, sans rien ajouter. Vous savez, Camus n’a pas toujours été considéré comme il l’est aujourd’hui. Il a remonté une pente incroyable… »

Je le sais. S’il existait une courbe de la postérité, la sienne serait ascendante. Je pense que la célébration des cinquante ans de sa mort en 2010 et celle du centenaire de sa naissance en 2013 ont sensiblement accentué son incroyable succès posthume. Ça sert à ça aussi, les commémorations.

À quatorze ans, Catherine Camus ne pouvait comprendre ce que son père, qui venait d’obtenir le prix Nobel de littérature, pouvait représenter. Elle me dit qu’elle a lu *Caligula* à l’âge de douze ans, mais qu’elle a découvert tous ses titres à dix-sept ans, quand il n’était plus là. *La chute* et son *Discours de Suède* l’ont beaucoup marquée. « Je trouvais cela magnifique. J’adhérais complètement à sa manière de concevoir la mission d’un artiste, celle qui consiste à être libre et à être “l’oxygène du monde”. » Elle a également beaucoup aimé son recueil de nouvelles *L’exil et le royaume.*

Dans mon carnet de notes, après notre rencontre, j’ai retrouvé ces mots : « Quels souvenirs ai-je gardés de mon père ? D’un homme qui m’apportait des livres, et notamment tout Dumas (que je lis encore aujourd’hui). Il me laissait lire ce que je voulais et ne m’a jamais imposé un ouvrage. Il me demandait simplement ce que j'en pensais. C'était une immense liberté. Ce n'est pas son œuvre qui m'a aidée. C'est lui. C'est le regard qu'il portait sur moi, il avait l'air content que je sois là. Il m'a appris à penser par moi-même. Et, pour moi, son plus bel héritage reste l'amour de la vie et le fait que la vérité est nuance. C'est pour cela qu'il refusait toute idéologie, tout système de pensée qui conduit forcément à exclure. C'était mon père. Il était sévère et ne voulait pas que l'on soit gâté. Il considérait qu'à partir du moment où l'on avait des livres — et notamment des livres d'école —, on avait tout. Nous n'avions pas à nous plaindre. Il faut tout de même imaginer que, contrairement à d'autres écrivains, mon père a dû apprendre la langue française. Dans sa famille, ce n'était pas acquis d'avance. Depuis que nous avions dix ans, il ne nous offrait que des cadeaux utiles. Il nous a également responsabilisés très tôt. Et lorsque l'on commettait une bêtise, il nous demandait ce que l'on en pensait, si l'on trouvait que c'était bien. Une gifle aurait été moins douloureuse. Il était aussi gentil et tendre, et même souvent très drôle, à mille lieues de l'image moralisatrice qu'on pourrait s'en faire. »

Colette Fellous

Dans ma petite anthologie personnelle, j'intègre Colette Fellous pour deux raisons. La première : son œuvre, qui fait souvent appel aux souvenirs. La deuxième ? Dalida !

Dans *Avenue de France* ou *Plein été*, son matériau est composé des souvenirs de son enfance et de sa jeunesse, bercée entre la Tunisie et la France. Dans *Plein été*, par exemple, elle s'attache à se rappeler des moments qui ont le plus souvent l'été pour décor. Ici, aucune volonté de reconstituer une trame réaliste d'événements, de proposer une chronologie : c'est un roman étonnant, fait de souvenirs épars qui reviennent en mémoire sans que l'on sache trop pourquoi. Parfois ce sont des détails, des paysages, des parfums… Que révèlent-ils ? Des secrets ? Sans doute, mais Colette Fellous — ou plutôt sa narratrice — préfère laisser son passé vagabonder sans chercher à tout dévoiler. On a le sentiment que cela lui suffit. Ses deux seuls repères (ses « anges gardiens ») : la littérature et un tableau de Cézanne, *Les Joueurs de cartes*, qui traverse son roman, elle revient sans cesse à cette peinture de deux hommes, cartes en main, face à face, mais les yeux ailleurs, comme si Cézanne l'aidait dans sa quête de souvenirs. Lire, c'est pouvoir bouger à l'intérieur du monde, dit-elle. C'est un très beau livre sur la mémoire.

Dans sa bibliographie, un livre détonne : *Pour Dalida*. Un récit personnel et émouvant consacré à cette icône de la chanson populaire. C'est vrai, j'étais d'abord étonné de voir Colette Fellous, productrice à France Culture, éditrice d'une collection au Mercure de France où les artistes confient leur autobiographie, signer un livre sur la chanteuse populaire… J'étais étonné, puis saisi par ces pages que sa mère aurait pu écrire, nous apprend Colette Fellous, « car Dalida était son grand amour, sa chérie comme elle disait ». Elle prête sa plume à celle qui lui a donné le jour. En échange, elle lui offre — et nous offre — ce merveilleux ouvrage qui, à travers la figure de Yolanda Cristina, chante la nostalgie et les sourires, les feux de joie et l'enfance, la grâce et la gravité. Un voyage entre la Méditerranée et l'exil. La peur de la mort, aussi, est en filigrane. « La vie m'est insupportable, pardonnez-moi » sont les derniers mots de Dalida, écrits juste avant de se suicider ; ces mots, la mère de Colette aurait pu les dire, mais la vie a pris le dessus, cette énergie qu'elle a voulu à tout prix transmettre à sa fille. Dans le dernier chapitre, où la mort exhale son parfum dans un lit d'hôpital, Colette Fellous fredonne *Come prima.*

Les derniers mots de Dalida m'avaient marqué, moi aussi. Je n'ai pas toujours le goût des dates, mais de ce moment, je me souviens très bien : c'était le 3 mai 1987, j'étais dans ma chambre d'étudiant à l'université de Nanterre. J'étais tellement touché que j'avais écrit ce jour-là un petit « poème », avec la dernière phrase de Dalida en exergue.

Jean Rouaud

Il y a sans doute un malentendu sur le roman qui a fait connaître Jean Rouaud, prix Goncourt en 1990 avec *Les champs d'honneur.* Ce n'est pas un livre sur la Première Guerre mondiale, mais un livre de souvenirs, un album de famille !

Car Jean Rouaud a puisé dans la mémoire familiale. Chez lui, c'est la mort en peu de temps de son père Joseph, de sa tante Marie et de son grand-père maternel, Alphonse, une « loi des séries » qui l'amène « dans » la Grande Guerre. Il en reconstitue le récit national avec d'infimes traces, des photos, des lettres, des images... Les seuls objets de valeur sont les deux alliances des parents de son père et le dentier en or de sa mère. Il y a une page d'anthologie sur l'apparition du stylo à bille. En fait, l'auteur, sauf sur une dizaine de pages, ne raconte pas à proprement parler la guerre — on est vers la fin du XXe siècle —, mais, par petites touches, il évoque deux membres de sa famille morts en 1916 et la trace que ces disparitions y ont laissée. J'ai aimé ce livre parce qu'il tient tout entier dans ce que l'homme a pu retenir des évocations des souvenirs. À partir de quelques traces disséminées çà et là, il a écrit non pas un roman national — et tant mieux si beaucoup de lecteurs l'ont compris comme cela —, non, il a écrit un roman familial.

Si Jean Rouaud avait une boîte à outils des souvenirs, il y ajouterait une boîte à chaussures. Il en parle vers la fin des *Champs d'honneur* : « Restait la boîte à chaussures. Cette passation solennelle, ces quelques mots secrètement murmurés, c'était clair : grand-père avait regroupé dans ce carton l'essentiel de ses trouvailles. On agita la boîte, elle ne tinta pas. Ne contenant pas d'or, elle nous apporterait pour le moins la preuve de quelque ascendance glorieuse. Il y avait là des photos, des cartes postales, des lettres, une broche, un médaillon et deux cahiers. »

Ce qui l'a guidé lors de ce premier roman, comme pour toute son œuvre ? « La littérature est le meilleur mode de connaissance du monde », dit-il.

Plus tard, dans d'autres livres, il expliquera tout cela, notamment dans une suite de récits joliment titrée *La vie poétique*, où il est beaucoup question de souvenirs personnels et de réflexions sur la littérature. Il excelle dans ce registre. Comme dans *La fiancée juive*, qui n'est ni un roman, ni un essai, ni un recueil de nouvelles, mais tout cela à la fois. Le disque qui l'accompagne ajoute à la surprise : l'écrivain, que l'on savait parolier, chante et s'accompagne à la guitare, il a écrit le texte et la musique de cette chanson. Un joli grain de voix pour une belle ode à son amoureuse. Les cent premières pages sont composées d'une série d'anecdotes et de réflexions qui prennent la forme de neuf chapitres dont le fil directeur serait l'écrivain lui-même. Il convoque, encore une fois, des souvenirs personnels et des considérations sur la littérature et la vie en général. Le récit recèle des passages d'anthologie où l'auteur fait preuve d'humour et d'autodérision. Rouaud est un styliste des souvenirs. *La fiancée juive* est une sorte d'autobiographie, où l'écrivain se livre beaucoup. Il évoque la disparition de son père âgé de quarante et un ans, un lendemain de Noël. L'enfant était seul dans sa chambre, en train de lire *Le Colonel Chabert*. Les mots sont pudiques.

On retrouve souvent Campbon, le village natal, là où les deux sœurs Calvaire tenaient, dans leur maison, un commerce de la presse — juste une table, en fait. Elles vendaient des magazines féminins, « non pas ceux qui vantent les dessous chics, les endroits à la mode et les charmes d'un amant », mais ceux qui donnent des astuces pratiques, à savoir : « récupérer les bouts de chandelles, les bouts de ficelle, les bouts de savon… »

En résumé : Rouaud a entamé une carrière de chroniqueur dans un journal local. Sa mission ? Faire « régional et drôle ». Dommage qu'il n'ait pas persisté, car l'écrivain est un excellent journaliste : il a le sens de « l'attaque », ce début d'article qui fait mouche et vous happe jusqu'à la fin du récit. Lisez donc la première phrase du chapitre titré « L'élixir d'Anna » — des considérations sur la guerre. Elle est superbe, pleine d'ironie. On conseille également la partie « Écrire, c'est tout un roman ». Elle peut être lue comme un mode d'emploi à destination des jeunes auteurs. Pour écrire, conseille Rouaud, « la seule question à laquelle vous aurez à répondre est celle-ci : où est-ce que ça va se passer ? ». Paris, Londres, Venise, New York ? Autant de lieux, de capitales chargées de culture et d'histoire, dont l'évocation prédisposerait favorablement le lecteur… « Vous en êtes fier », souligne-t-il. Mais si vous dites Campbon, Loire-Inférieure… « Pardon ? Vous avez dit où ? Et voilà, les difficultés commencent. Vous vous raclez la gorge et répétez en camouflant le nom infamant entre deux toux : Campbon, Loire-Inférieure. Et devant la mine circonspecte de votre lecteur vous ajoutez tout bas : excusez-moi. »

Petite anecdote : *Loire-Inférieure*, c'est le titre

qu'avait choisi Jean Rouaud pour son premier roman ; son éditeur a préféré *Les champs d'honneur.* C'est ainsi que Campbon a décroché le prix Goncourt…

Marcel Pagnol

Topaze m'a marqué comme jamais. Et Marcel Pagnol a accompagné mon enfance, comme, j'imagine, celle de beaucoup d'autres. À ma connaissance, cet écrivain des souvenirs n'a jamais connu de purgatoire, il a même été élu à l'Académie française, ce qui est rare pour un auteur populaire, dont les pièces sont adaptées dans le monde entier.

Un jour, j'ai rencontré l'éditeur Bernard de Fallois. Il a été l'ami de Marcel Pagnol et il continue de publier toute l'œuvre de l'auteur du *Temps des secrets*. C'est incroyable comme ces livres traversent le temps : ils sont indémodables. Bernard de Fallois m'explique ce phénomène par deux raisons. La première tient au fait que, malgré d'innombrables adaptations, ses films et ses pièces continuent de passer et de repasser à la télévision. Un exemple : la « trilogie marseillaise » (*Marius*, *Fanny*, *César*) est programmée en moyenne tous les deux ans, comme à peu près tous ses autres films. C'est sans doute l'œuvre cinématographique la plus rediffusée, et ses pièces de théâtre sont plus jouées que celles de Guitry. Grâce à la télévision, Pagnol est devenu familier des Français de toutes les générations.

La seconde explication est plus psychologique, et plus intéressante pour le sujet qui nous intéresse : les souvenirs. Selon l'éditeur, de tous les livres consacrés à l'enfance, ceux de Pagnol sont sans doute les plus joyeux et les plus souriants, sans être mièvres. Les enfants comme les adultes adorent. Résultat : ses trois récits de souvenirs (*La gloire de mon père, Le château de ma mère, Le temps des secrets*), conseillés par l'Éducation nationale, ont connu un succès considérable depuis leur publication en 1960 en édition de poche. Ils ont dépassé le cap des vingt millions d'exemplaires vendus et on estime que de ses autres livres, notamment *Topaze* (mon préféré), on a vendu entre huit et dix millions d'exemplaires. Aujourd'hui, ses textes valent de l'or : les manuscrits de travail de *Topaze* et de *Jazz*, mis en vente aux enchères, ont été préemptés par la Bibliothèque nationale de France pour vingt-huit mille euros. Les souvenirs peuvent valoir de l'or.

En fait, Pagnol, par la grâce de son écriture — théâtrale, cinématographique, romanesque —, a su jouer mieux que personne avec la nostalgie que l'on associe souvent avec les souvenirs d'enfance. La preuve : il a été traduit dans toutes les langues occidentales mais aussi en arabe et en chinois. Son style et son langage rendent les histoires universelles. En effet, comment expliquer qu'une histoire qui se déroule dans un bistrot typique de Marseille avec quatre hommes jouant à la manille ait pu intéresser la terre entière ?

Oliver Sacks

Combien de fois j'ai acheté *L'homme qui prenait sa femme pour un chapeau*? Une vingtaine de fois, au moins. Je l'ai offert. Je l'ai prêté sans jamais le revoir... Ce livre est une merveille. Oliver Sacks raconte, mais tel un fabuleux conteur et non en tant que médecin, des cas neuropsychiatriques sidérants qu'il a eu à traiter, dont un homme, un professeur important, qui ne voyait précisément ni ses élèves ni ses voisins (ses yeux ne présentaient pourtant aucun signe de maladie) et usait de toutes les ruses pour tenter de les reconnaître. Le symptôme le plus étrange de sa pathologie : il confondait la tête de sa propre femme avec un chapeau. Tous les cas qu'il évoque sont de véritables aventures humaines. Beaucoup ont un lien direct avec le souvenir et la mémoire.

Je me souviens qu'Oliver Sacks parle du syndrome de Korsakoff à travers le cas de Jimmie. Un soldat dont la mémoire est restée bloquée à l'année 1945. Sacks a étudié ce cas dans les années 1980, alors que Jimmie est incapable de se souvenir du moindre événement récent. Il croit toujours que son petit frère est à l'école.

Dans le livre, il y a aussi le cas des jumeaux autistes qui ne communiquent que par nombres premiers. Le chapitre « Réminiscence » m'a captivé, l'histoire de Madame O'C, une vieille dame en bonne santé mais qui entend des chants de son enfance irlandaise — la musique ne cesse pas — ; elle croit même que ces chants viennent de postes de radio restés allumés. Au bout de trois mois, les chants ont disparu. Madame O'C le regrette presque, elle dit à Oliver Sacks : « Dans l'ensemble, je dirais que c'est un grand soulagement. Mais oui, au fond, ces vieux chants me manquent un peu. Maintenant je me souviens de beaucoup d'entre eux. C'est comme si un moment oublié de mon enfance m'était rendu. »

La musique est visiblement quelque chose d'important pour Sacks, elle contribue à « faire briller » les souvenirs, elle constitue une sorte de « madeleine » sonore. Le neurologue est passionné par la magie de ce qu'il appelle des « motifs sonores ». Dans *Musicophilia*, il relie son travail à la musique. Il cherche à comprendre où se situe le pouvoir d'une symphonie, d'une note, d'un morceau entendu quelque part. Sa thèse ? « L'homme est une espèce musicale. » Fidèle à sa méthode, il appuie sa réflexion sur des pathologies qu'il a réellement rencontrées au long de sa carrière. Le premier cas, dans *Musicophilia*, est sans doute celui qui m'a le plus étonné : nous sommes en 1994, Tony Cicoria, un homme âgé de quarante-deux ans, téléphone d'une cabine publique. Il est foudroyé, mais survit. Et se retrouve avec une brusque soif de faire du piano et d'acheter des partitions... Il devient un excellent pianiste, alors qu'il n'avait jamais touché l'instrument de sa vie. D'autres cas sont décrits, comme cette sourde atteinte d'hallucinations musicales (il me semble qu'il a repris le cas de Madame O'C), ces handicapés mentaux mélomanes, ou cette personne malade d'Alzheimer qui ne trouve l'apaisement et les souvenirs qu'à travers des notes.

Avec lui, la neurologie est à la portée du plus grand nombre. La semaine dernière, j'ai encore offert deux exemplaires de *L'homme qui prenait sa femme pour un chapeau...*

Christian Giudicelli

Tous ces inconnus que l'on croise dans la vie, plus ou moins longtemps, qui ne font parfois que passer, appartiennent-ils à la géographie de nos souvenirs ?

J'aime les romans de Christian Giudicelli parce qu'ils font souvent appel aux souvenirs. Il y a les moments vécus avec ses proches, mais également ceux qui passent, dans un livre qui porte bien son titre, *Les passants.* Pour l'écrivain, ces gens-là composent aussi notre vie. « Jetons un regard vers les amitiés de jeunesse, les amours brèves, les affaires du second rayon. Vers ceux qui sont venus dire ce qu'ils avaient à nous dire et sont repartis sur leur route où nous n'avons été qu'une halte. » Christian Giudicelli a puisé dans sa mémoire toutes ces rencontres plus ou moins éphémères, plus ou moins lointaines, plus ou moins marquantes — la durée ne fait rien à l'affaire, une amitié peut être brève et forte. Il nous offre ainsi une jolie galerie de portraits, qu'il peint avec affection et ironie. Il répond en partie à une question que je me suis toujours posée : pourquoi retient-on certains êtres de passage et pas d'autres ? Il arrive que l'on marque soi-même des personnes — des gamins ou des adultes —, ce que l'on apprend souvent bien longtemps après.

Christian Giudicelli a beau avoir rencontré de grandes figures des lettres (Green, Brenner, Jouhandeau, Yacine), ce sont ses portraits d'inconnus qui touchent le plus. On le sent : l'écrivain aime ces paumés — « Qui me sourit me gagne à sa cause », écrit-il. Ce « bouquet de visages » — comme il dit — est un vrai cadeau. Impossible de ne pas éprouver une certaine tendresse pour cette collectionneuse croisée à l'Hôtel Drouot, qui achetait sans discernement ou, plutôt, suivant une méthode étonnante élaborée après la disparition de son mari : le 1er du mois, elle enchérissait, quel que soit le prix, sur l'objet numéro un du catalogue, le 2 du mois sur le numéro deux du catalogue, et ainsi de suite. Elle n'est pas forcément sympathique, mais à travers le regard de Giudicelli, elle devient une personne courageuse qui affronte la mort comme elle le peut : cette femme renvoie l'écrivain à ses propres souvenirs avec Claude, son ami disparu. Claude Verdier, peintre, dessinateur et collectionneur, était le compagnon de Christian

Giudicelli, il se rendait également et très souvent aux ventes aux enchères. Giudicelli lui a consacré un magnifique récit. Un récit pour garder intacts des souvenirs de vie qu'ils avaient consignés dans un journal et qu'il hésitait à publier : « C'est à peine cela. À peine, une dose infinitésimale d'amour. Mais c'était cela ou rien. Au silence, je préfère le balbutiement, le son d'une voix qui se cherche, qui nous cherche. Donc, publier. » Il éprouve, dit-il, la nécessité de « mettre en mots les impressions reçues de paysages et de personnes dont je ne veux pas perdre le souvenir ».

Dans *Les passants*, il y a aussi ce clochard chantant aux urgences, adepte de la « guérison par la joie », mais épouvanté à l'idée de devoir prendre une douche. Ou, encore, ce petit blond — le prénom a été oublié —, vingt ans, rencontré devant les grilles du jardin des Tuileries où des hommes se croisent pour des affaires de sexe. L'auteur n'est pas trop surpris quand ce jeune lui annonce son mariage, en lui montrant la photo de sa chérie, enceinte. Giudicelli se souvient aussi de cette petite brune — pas de prénom là non plus — caressée en regardant d'un œil *Emmanuelle*.

Pas plus de chronologie ni d'ordre dans ce travail de mémoire, l'auteur raconte ces « entractes minuscules » comme ils viennent. Comme, rappelle-t-il, défilent les visages de ceux qui ont traversé notre vie. Giudicelli les décrit avec une nostalgie heureuse. Car ces visages, même flous, disent notre passé.

Alain Mabanckou

J'aime Alain Mabanckou depuis janvier 2006. C'est le mois où j'ai découvert son roman *Verre Cassé*. Livre sublime, délirant, rafraîchissant. J'ai été heureux quand il a décroché le prix Renaudot avec *Mémoires de porc-épic*. J'ai lu avec bonheur ses autres livres, comme son essai sur James Baldwin. J'ai été très ému par la lecture de *Demain j'aurai vingt ans* et par son dernier récit autobiographique, *Lumières de Pointe-Noire*. Mabanckou a toute sa place dans cette anthologie personnelle que constitue ce *Petit éloge des souvenirs*, car son matériau — en plus de son talent de conteur — n'est composé que de souvenirs.

Parlons d'abord de *Lumières de Pointe-Noire*, car, dans ce livre, l'écrivain retrouve le Congo, les lieux et les personnages de son enfance. Mabanckou, qui écrit le plus souvent avec un large sourire, style truculent et mots en verve, tombe le masque.

L'écrivain revient sur les lieux de Pointe-Noire,

la ville du Congo qui l'a vu naître. Il n'a pas revu son pays depuis vingt-trois ans, soit la moitié de sa vie. Dès l'attaque du livre, l'auteur se confesse, il dit : « J'ai longtemps laissé croire que ma mère était encore en vie. » Et comment ? « Maman Pauline » était omniprésente dans la plupart des pages et des poèmes qu'il a écrits. Elle l'est plus que jamais dans *Lumières de Pointe-Noire*. Il ajoute au début de sa confession : « Je m'évertue désormais à rétablir la vérité dans l'espoir de me départir de ce mensonge qui ne m'aura permis jusqu'alors que d'atermoyer le deuil. » Ce roman, sorte de Carnet d'un retour au pays natal, est magnifique par la nostalgie et la douceur des choses qu'il dégage. Par cette errance dans le passé, aussi. Les photos de son album de famille et celles prises par sa compagne, Caroline Blache, que l'on voit tout le long du livre, ajoutent au charme.

Mabanckou utilise toute la boîte à outils des souvenirs conseillée au début de ce *Petit éloge* : photos, retour sur les lieux du passé, album de famille…

En fait, comme c'est souvent le cas, il nous invite à ce voyage dans le royaume de son enfance. C'est l'homme, aujourd'hui devenu écrivain de renom, professeur de littérature à l'université de Los Angeles, qui se penche sur le gamin d'hier, sur les paysages d'antan dont la plupart ont subi le choc du temps, et sur sa mémoire. Tout a changé. Surtout lui. Il est devenu étranger en son pays. Seules les croyances et les superstitions ont la vie dure et ne prennent pas une ride dans le cœur des hommes qu'il croise. L'auteur se souvient de sa mère, de son drôle de père adoptif. Et de cet hôtel où travaillait son père, le Victory Palace, un véritable personnage. Chaque chapitre prend le titre d'un film ou d'un livre ; on voudrait citer de nombreux passages touchés par la grâce. Mabanckou s'interroge souvent : pourquoi a-t-il refusé d'assister aux funérailles de ses deux parents ? Il n'a toujours pas de réponse, si ce n'est qu'il n'aime pas les cimetières parce qu'il n'aime pas déranger les morts. Il préfère leur redonner vie sur du papier. C'est le plus bel hommage qu'il pouvait leur rendre.

Dans *Demain j'aurai vingt ans*, il est encore question de Pointe-Noire. Cette fois, l'écrivain se met dans la peau de l'enfant qu'il a été quand il avait une dizaine d'années, qu'il appelle Michel — le deuxième prénom de Mabanckou. Nous sommes dans les années 1970, au Congo. C'est ce gosse qui nous raconte son existence, avec sa mère et son beau-père. En fait, c'est l'histoire de son pays à l'heure de la décolonisation qui se déroule devant nos yeux. Ce récit au ton candide d'un enfant dépassé par les enjeux des adultes fonctionne à merveille. C'est la première fois depuis bien longtemps que l'on voit comment un petit Africain percevait le monde. Rarement on avait lu l'histoire (l'histoire de France et les remous internationaux) racontée de cette manière, sous cet angle. Qu'apprend-on finalement ? Le bourrage de crâne dont firent l'objet de nombreux enfants africains baignés dans l'enseignement du communisme. Il faut lire les scènes où le meilleur élève de la classe récite par cœur le discours du dictateur. On apprend aussi le poids des croyances et du fétichisme sur l'existence, le joug des traditions. On apprend surtout le rôle déterminant des femmes pour s'en sortir. Là encore, Alain Mabanckou a puisé dans ses souvenirs.

J'ai beaucoup aimé, et je ne suis pas le seul. J. M. G. Le Clézio aussi : il a signé une préface au roman lorsque celui-ci a été édité en poche. Le prix Nobel de littérature a écrit : « Gageons que le petit Michel rejoindra durablement, dans notre mémoire romanesque, le Holden Caulfield de *L'attrape-cœurs*, de J. D. Salinger, ou l'inoubliable Mille Milles du *Nez qui voque*, de Réjean Ducharme. »

Enfin, qui dit Mabanckou dit *Verre Cassé*, ce roman extraordinaire qui l'a propulsé dans la république des lettres. Le narrateur s'appelle Verre Cassé, d'où le titre du roman. Le patron du bar Le Crédit a voyagé lui demande de « remplir » un cahier. Même s'il a tendance à confondre ivrogne et écrivain, le gérant du bistrot n'a qu'un désir : que son bar survive dans les mémoires grâce au manuscrit. Parce que, enfin, on a beau se trouver au fin fond du Congo, avec l'Afrique et sa tradition de mémoire orale, « l'époque des histoires que racontait la grand-mère grabataire est finie ». Finie, terminée, l'oralité. Place à l'écrit, parce que c'est ce qui reste le plus sûrement, « la parole c'est de la fumée noire, du pipi de chat sauvage ». *Verba volant, scripta manent.* Les souvenirs, comme la mémoire, ont besoin de l'écrit.

Gilles Lapouge

Dans l'un de ses livres, *Le bois des amoureux*, Gilles Lapouge use d'une formule heureuse : il dit qu'il faut faire « briller les souvenirs ». En fait, la plupart des récits de cet écrivain voyageur reposent sur des voyages… en nostalgie. Car, pour Lapouge, la nostalgie, comme la mémoire, est un pays. Il en connaît les moindres recoins, saisit les petits détails ordinaires et merveilleux, sait où se trouvent les frontières émouvantes. Il les donne à voir aux visiteurs lecteurs que nous sommes, étonnés de constater que la beauté était devant nos yeux ou dans notre musée personnel, dans notre enfance, chez nos grands-parents…

Dans *Le bois des amoureux*, il évoque l'entre-deux-guerres, à Champtercier, un village des Basses-Alpes, département qui adoptera plus tard une appellation plus « tendance », les Alpes-de-Haute-Provence, « comme si c'était Juan-les-Pins », peste Lapouge, qui n'aime visiblement pas les mondanités qui se glissent jusque dans les noms des villes. L'histoire est celle d'un retour au pays. Le personnage principal était un vagabond lorsqu'il a quitté le village, sans que le village s'en aperçoive vraiment, avant le premier conflit mondial. Il revient avec une auréole au-dessus de la tête. Sans qu'on sache trop ce qu'il a pu faire, il apparaît comme un héros, séduit tous les habitants, les grands comme les petits, par sa bienveillance, son érudition, mais aussi sa face mystérieuse. Tout ce qu'il dit, tout ce qu'il sait, est-ce vrai ? Cette île où tous les bébés naissent sourds jusqu'à la quatrième génération a-t-elle jamais existé ? Les réponses n'ont pas d'importance. L'histoire est simple, mais elle est surtout le prétexte pour l'auteur à signer une chronique heureuse et chagrine, et qui fourmille de formules touchées par la grâce.

J'aime bien aussi quand il y écrit que lorsqu'on ne veut pas faire de bruit, on « marche comme un absent », on ne fait « pas plus de raffut qu'un souvenir ». Et, pourtant, il devrait le savoir : un souvenir, ça peut faire beaucoup de bruit.

Ce sont le plus souvent des flâneries dans le temps que l'auteur de *L'encre du voyageur* et de *La légende de la géographie* nous offre, des flâneries faites de tendresse, d'anecdotes souriantes et nostalgiques. Oui, il sait décidément faire briller les souvenirs.

Delphine de Vigan

Rien ne s'oppose à la nuit. Delphine de Vigan a trouvé son titre dans une chanson de Bashung, « Osez Joséphine ». Il fallait oser pour s'attaquer à un sujet déjà investi par les plus grands écrivains : le livre sur la mère. Et, pourtant, ce que j'aime dans ce roman qui m'a touché et qui a touché beaucoup de monde, c'est qu'elle a apporté sa touche originale, en plus de son talent à maîtriser un récit. J'aime son approche qui fait alterner l'histoire de sa mère, de sa famille avec ses doutes quant au livre en cours d'élaboration : les deux récits — celui de la romancière en train de parler d'elle et celui de la famille — sont passionnants. Dans une quête de souvenirs, si douloureux soient-ils, on est obligé de s'impliquer. Sinon, cela ne sert à rien. C'est en cela que les souvenirs sont vivants et brûlants. D'ailleurs, Delphine de Vigan parle de l'ampleur de sa tâche, quand elle évoque cette mère, Lucile, qui a mis fin à ses jours après une vie passée à côté du bonheur et dans la fréquentation d'asiles psychiatriques : « Mais je sais aussi qu'à travers l'écriture je cherche l'origine de sa souffrance [...], et je ne peux ignorer combien cette quête, non contente d'être difficile, est vaine. » Dans tous les livres, notamment ceux de Modiano, c'est ce que j'aime : les quêtes vaines.

Rien ne s'oppose à la nuit intrigue, hypnotise, bouleverse. Il interroge, aussi. Mais les réponses fuient, le plus souvent : pourquoi ces histoires du passé familial résonnent-elles en nous ? Pourquoi dans une même fratrie les comportements sont-ils si éloignés ? Faut-il se souvenir ou oublier ? En parler ou se taire ? Une chose est certaine, « la douleur de Lucile a fait partie de notre enfance et plus tard de notre vie d'adulte, la douleur de Lucile sans doute nous constitue, ma sœur et moi », écrit l'auteur, qui avait également consacré son premier roman à l'anorexie de son adolescence, *Jours sans faim.* Pour moi, le message de Delphine de Vigan est essentiel : on peut se construire en grandissant dans le nid d'une famille toxique. À lire ces pages où l'écrivain tente pourtant de garder une certaine distance avec les faits, on ne peut s'empêcher de se demander comment elle et sa sœur ont pu bâtir une existence relativement normale, après tout cela… Un élément d'explication se trouve peut-être dans l'exergue signé Soulages, qui parle de « cette lumière secrète venue du noir ». Une phrase qui me renvoie à celle de Modiano, dans *Dora Bruder* : « Il faut longtemps pour que resurgisse à la lumière ce qui a été effacé. »

L'écriture, aussi, même si elle ne peut pas tout, permet au moins d'interroger la mémoire et de nommer l'indicible — la folie, l'inceste, les traumatismes.

Delphine de Vigan brosse le portrait de sa mère en commençant par ses grands-parents, ses tantes et ses oncles — une grande famille d'apparence si joyeuse, si généreuse. Puis, crescendo, apparaissent les fissures et les violences verbales, morales, physiques. Quand elle en vient à l'existence de Lucile, on comprend que sa mère est une victime qui a embarqué ses enfants dans sa souffrance. Pour sonder ces vies cabossées, Delphine de Vigan va loin, dans l'enquête et les révélations, scrute la mémoire de sa famille. Vers la fin, elle constate : « J'ignore au fond quel est le sens de cette recherche, ce qui restera de ces heures passées à fouiller dans les cartons. (...) J'ignore à quoi c'est dû. » À un besoin irrépressible, à une nécessité profonde, sans doute.

Vous souvenez-vous de ?…
Jeux de mémoire

Règle du jeu

Georges Perec explique ainsi le principe de son célèbre livre, *Je me souviens* : « Tenter de retrouver un souvenir presque oublié, inessentiel, banal, commun, sinon à tous, du moins à beaucoup. » Ces souvenirs s'échelonnent entre sa dixième et sa vingt-cinquième année et sont numérotés de 1 à 480. J'aime lorsqu'il dit que certains relèvent du domaine du mythe : ceci explique qu'un souvenir puisse être « objectivement » faux. Il cite en exemple son « Je me souviens nº 101 » et écrit : « Je me souviens correctement des célèbres Mousquetaires du tennis, mais sur les quatre noms que je cite deux seulement en faisaient partie (Borotra et Cochet), Brugnon et Lacoste étant remplacés par Petra et Destremau, qui ne furent champions que beaucoup plus tard. »

Après le 480e souvenir, rédigé tout simplement sur deux lignes — « Je me souviens / (à suivre...) », Georges Perec a ajouté un postscriptum : « À la demande de l'auteur, l'éditeur a laissé à la suite de cet ouvrage quelques pages blanches sur lesquelles le lecteur pourra noter les "Je me souviens" que la lecture de ceux-ci aura, espérons-le, suscités. »

J'ai essayé de jouer le jeu, et, en fait, je garde surtout des souvenirs... oubliés. Ou des souvenirs à partager. Les souvenirs partagés, c'est ce qui constitue et reconstitue notre mémoire collective. Le marqueur d'une génération, des moments vécus par un grand nombre, mais rangés dans un tiroir qu'on a plaisir à rouvrir. Avec émotion ou étonnement. Sur le plan personnel, c'est ce qui est enfoui en nous et qui parfois resurgit sans qu'on y prenne garde. C'est le disque dur, la boîte noire de notre existence.

Et donc je me suis amusé à recenser ces souvenirs oubliés que je suis incapable de dater. Et vous ? Sauriez-vous vous en souvenir ou ces faits restent-ils « oubliés » dans un coin de votre mémoire ?

Rassurez-vous, je donne les solutions à la fin. Du moins, quand j'ai pu les retrouver.

Souvenirs oubliés

1. Vous souvenez-vous du moment où la numérotation téléphonique à six chiffres a disparu ?

2. Vous souvenez-vous du nom de la jeune actrice qui jouait dans *Diabolo menthe* ? J'étais tellement amoureux d'elle.

3. Vous souvenez-vous qui était l'annonceur de la publicité qui m'a tant marqué et qui a marqué des générations d'hommes : « Demain, j'enlève le bas ! » ?

4. Vous souvenez-vous du sujet des « Dossiers de l'écran » et du film qui passait le jour où l'émission fut interrompue pour annoncer la mort de Georges Pompidou ?

5. Vous souvenez-vous du prénom de Topaze dans la pièce de théâtre de Marcel Pagnol ? Il a dû être cité une seule fois dans le livre.

6. Vous souvenez-vous dans quel James Bond le méchant était incarné par Michael Lonsdale ?

7. Vous souvenez-vous comment François Mitterrand a réagi quand Valéry Giscard d'Estaing lui a rétorqué : « Vous n'avez pas le monopole du cœur » ?

8. Vous souvenez-vous de la règle du jeu des osselets ?

9. Vous souvenez-vous quand Thierry Roland a dit à l'arbitre : « Vous êtes un salaud » ? Moi, je me souviens bien que l'homme en noir se nommait M. Foote !

10. Vous souvenez-vous quand la première classe a été supprimée dans le métro ?

11. Vous souvenez-vous combien un calot valait de billes ?

12. Vous souvenez-vous si le Solex pouvait dépasser les trente kilomètres à l'heure ?

13. Vous souvenez-vous d'un calembour de Bruno Masure ?

14. Vous souvenez-vous combien de fois Johnny Weissmuller a joué Tarzan ?

15. Vous souvenez-vous quand les PTT sont devenues France Télécom ?

16. Vous souvenez-vous du jour où l'homme a marché sur la Lune — c'était le 20 juillet 1969, mais était-ce en début ou en fin de semaine ?

17. Vous souvenez-vous quand est apparu le Bi-Bop, le premier téléphone portable ? J'étais parmi les premiers à en acheter, il fallait patienter dans une longue file d'attente.

18. Vous souvenez-vous du dernier jour de l'émission « Apostrophes » ? Et de l'année où Bukowski buvait pendant que Bernard Pivot posait des questions ?

19. Vous souvenez-vous depuis quand la mire, qui indiquait une interruption de programme sur les chaînes publiques, a disparu des écrans de télévision ?

20. Vous souvenez-vous quand les maillots des équipes de football ont adopté la publicité ?

Souvenirs retrouvés

1. Depuis le 18 octobre 1996 à 23 heures, on est passé à la numérotation à dix chiffres, les deux premiers chiffres permettent de localiser la région de l'abonné.

2. La jeune actrice de *Diabolo menthe* s'appelait Éléonore Klarwein. Par la suite, elle a joué dans d'autres films, mais elle n'a jamais connu autant de succès que dans le long métrage de Diane Kurys. Elle est devenue mannequin.

3. C'était en 1981, et la campagne de publicité était le fait d'un afficheur, Avenir. La jolie femme qui montrait ses seins, puis ses fesses — audacieux pour l'époque —, s'appelait Myriam. Je me demande quel âge elle pourrait avoir aujourd'hui.

4. Je ne me souviens plus. J'ai longtemps cru que c'était Alain Jérôme qui la présentait, mais c'était en fait Joseph Pasteur. Maintenant, ça me revient !

5. Je crois que c'est Albert. On ne le sait que vers la fin.

6. C'était dans *Moonraker*, en 1979.

7. Mitterrand était déstabilisé. Giscard avait répété plusieurs fois : « Vous n'avez pas le monopole du cœur ». Les experts affirment qu'il a perdu des points à ce moment de l'échange. Ce débat politique en mai 1974 a été adapté au théâtre une trentaine d'années après.

8. Non, je ne me souviens plus de la règle du jeu des osselets, je me souviens seulement qu'il fallait en lancer un en l'air et durant l'envolée en glisser deux entre les deux doigts qui formaient un petit pont.

9. C'était le 9 octobre 1976, à Sofia. L'équipe de France de football jouait contre la Bulgarie. Thierry Roland protestait contre le fait que l'arbitre n'avait pas sifflé un penalty pour les Français. Des images circulent encore sur Internet aujourd'hui !

10. Renseignements pris, c'était en août 1991.

11. Non, mais je crois que ça dépendait de la taille du calot et de celle des billes…

12. En moyenne, le Solex faisait du vingt kilomètres à l'heure, je voyais des amis qui en trafiquaient le moteur pour monter jusqu'à quatre-vingts kilomètres à l'heure.

13. Aucun ! Je me souviens qu'il riait à ses propres blagues.

14. Johnny Weissmuller a joué dans douze *Tarzan.* Il a tourné dans beaucoup d'autres films.

15. Le sigle PTT (Postes, Télégraphes et Téléphones) a disparu en 1991, après soixante-dix années de bons et loyaux services.

16. La première fois que l'homme a marché sur la Lune, c'était un dimanche.

17. Le Bi-Bop est apparu au début des années 1990 et a disparu presque aussitôt.

18. La dernière d'« Apostrophes » a été diffusée le vendredi 22 juin 1990. L'émission où François Cavanna dit : « Je vais te mettre mon poing sur la gueule, Bukowski » est passée le 22 septembre 1978. Mémorable.

19. La belle mire, à la fois colorée et en noir et blanc — elle a été baptisée « Mire au cheval de Marly » —, a disparu progressivement de nos écrans. À sa création, elle servait à régler nos téléviseurs, puis, ensuite, à signifier la fin des programmes de nuit. Mais, la télévision diffusant vingt-quatre heures sur vingt-quatre, elle n'a plus eu lieu d'exister. Côté chaînes publiques, TF1 (oui, TF1 a été une chaîne publique) et Antenne 2 (devenue France 2) ont mis fin à la mire en 1991. On pouvait encore la voir sur France 3, mais la mire est morte définitivement en 2002.

20. Dans une information que j'ai retrouvée sur le site linternaute.fr, consacrée aux maillots de football, il est souligné qu'aucune équipe n'avait le droit de porter une marque sur sa tenue avant 1968. Cette année-là toutes les équipes de division 1 ont fait figurer la pub « Vittel » sur leurs maillots. Petite anecdote croustillante : la télévision, aujourd'hui si friande de publicité, avait à l'époque déprogrammé, à la dernière minute, un match important, parce qu'elle avait refusé de montrer des « hommes-sandwichs ». Une autre époque, décidément.

Je me souviens bien que Saint-Étienne avait joué, en 1976, la finale de la Coupe d'Europe des clubs champions, avec des maillots vierges de tout annonceur.

OUVRAGES CITÉS

Freud, Sigmund, *Cinq leçons sur la psychanalyse*, traduit de l'allemand par Yves Le Lay et Serge Jankélévitch, Payot, 2010.

Perec, Georges, *Je me souviens*, Fayard, 2013.

—, *W ou Le souvenir d'enfance*, Gallimard, « L'imaginaire », 1993.

Modiano, Patrick, *Dans le café de la jeunesse perdue*, Gallimard, « Folio », 2009.

—, *Chien de printemps*, Le Seuil, « Points », 1997.

—, *Dora Bruder*, Gallimard, « Folio », 1999.

—, *L'horizon*, Gallimard, « Folio », 2010.

—, *Livret de famille*, Gallimard, « Folio », 1981.

—, *Rue des Boutiques Obscures*, Gallimard, « Folio », 1982.

—, *Un pedigree*, Gallimard, « Folio », 2006.

Taylor, Alex, *Quand as-tu vu ton père pour la dernière fois ?*, Lattès, 2014.

Vallet, Jacques, *L'endormeuse*, Le Cherche Midi, 2007.

Proust, Marcel, *Du côté de chez Swann (À la recherche du temps perdu 1)*, Gallimard, « Folio », 1988.

—, *À l'ombre des jeunes filles en fleurs (À la recherche du temps perdu 2)*, Gallimard, « Folio », 1988.

Tous les volumes d'*À la recherche du temps perdu* sont également édités dans la collection Folio. À noter, l'édition de Charles Méla (introduction et transcription) de *Du côté de chez Swann. Combray*.

Bruno Fuligni (sous la direction scientifique de), *Dans les archives secrètes de la police. Quatre siècles d'histoire, de crimes et de faits divers*, Gallimard, « Folio », 2011.

WACKENHEIM, Vincent, *Petit éloge de la première fois*, Gallimard, « Folio 2 € », 2011.

CAMUS, Albert, *L'étranger*, Gallimard, « Folio », 1972.

CAMUS, Catherine, *Le monde en partage, itinéraires d'Albert Camus*, Gallimard, 2013.

FELLOUS, Colette, *Avenue de France*, Gallimard, Folio, 2005.

—, *Plein été*, Gallimard, 2007.

—, *Pour Dalida : romance*, Flammarion, 2010.

ROUAUD, Jean, *Les Champs d'honneur*, Minuit, « Minuit double », 2014.

—, *Un peu la guerre. La vie poétique III*, Grasset, 2014.

—, *Comment gagner sa vie honnêtement*, Gallimard, « Folio », 2012.

—, *Une façon de chanter. La vie poétique II*, Gallimard, « Folio », 2012.

—, *La fiancée juive*, Gallimard, 2008.

PAGNOL, Marcel, *Topaze*, la trilogie *Marius*, *Fanny*, *César*, les séries « Souvenirs d'enfance » — *La gloire de mon père*, *Le château de ma mère*, *Le temps des secrets* — et « L'eau des collines » — *Jean de Florette*, *Manon des sources* — sont disponibles aux Éditions Bernard de Fallois.

SACKS, Oliver, *L'homme qui prenait sa femme pour un chapeau, et autres récits cliniques*, Le Seuil, « Points », 2014.

—, *Musicophilia : la musique, le cerveau et nous*, Le Seuil, 2009.

GIUDICELLI, Christian, *Les passants*, Gallimard, 2007.

—, *Après toi*, Le Seuil, 2004.

—, *Parloir*, Le Seuil, « Points », 2007.

—, *Square de la Couronne*, Gallimard, 2010.

—, *Tour de piste*, Gallimard, « Le manteau d'Arlequin », 2012.

MABANCKOU, Alain, *Verre Cassé*, Le Seuil, « Points », 2007.

—, *Demain j'aurai vingt ans*, Gallimard, « Folio », 2012.
—, *Lumières de Pointe-Noire*, Le Seuil, 2013.
—, *Mémoires de porc-épic*, Le Seuil, « Points », 2008.
LAPOUGE, Gilles, *Le bois des amoureux*, Le Livre de poche, 2008.
—, *La Légende de la géographie*, Albin Michel, 2009.
—, *L'encre du voyageur*, Albin Michel, 2007.
VIGAN, Delphine de, *Jour sans faim*, J'ai lu, 2009.
—, *Rien ne s'oppose à la nuit*, Le Livre de poche, 2013.

Composition : IGS-CP à L'Isle-d'Espagnac (16)
Achevé d'imprimer par Novoprint à Barcelone,
le 4 août 2014
Dépôt légal : août 2014

ISBN : 978-2-07-045932-2/Imprimé en Espagne

268448